食べることが生きること

飽《あ》くなき菜穂《なお》の食めぐり

渡辺　貢

文芸社

もくじ

とうもろこし畑へ

「菜穂《なお》、畑へ行くかい」

竹かごをかたにかけたばあちゃんが、愛犬のクロにお手をさせて遊んでいた菜穂に声をかけた。菜穂はなんだか気のりしないまま、クロにお手をくり返させていた。

「とうもろこしもいだら、すぐ食べていいよ。生のまま」

「本当に？　ばあちゃん」

ふりむいてばあちゃんを見上げた菜穂の瞳《ひとみ》が急に輝《かがや》いた。

「ああ、仕方ないやね。とうもろこしは塩ゆでして食べるのがあたり前なのに、菜穂ときたら、畑でもいだとたんに皮をむいてかぶりついちゃうんだから。ばあちゃんは菜穂がお腹《なか》こわしはしないかと思って、とっさに大声出してしまったんだよ。でも菜穂がそうするのが好きなら仕方ないやね。ばあちゃんはやっぱり塩ゆでの方がいいけど」

菜穂は犬小屋の鉄柱にしばりつけてあったクロのくさりをほどくと、ばあちゃんと畑へ向けて歩きだした。

「あのね、ばあちゃん、もぎたてのとうもろこしはね、とってもフルーティーなの。かぶりつくとジュワーッと甘《あま》い汁《しる》が出てきて。ばあちゃんもやってみたら」

「遠慮《えんりょ》しとくよ。やっぱりばあちゃんは塩ゆでして、少しさましてから一粒《つぶ》一粒とうもろこしを指ではずして、それが十粒くらいになったら口に放りこむ方がいいよ。甘みと塩味が織《お》りなす風味を味わうと、ああ、今年もおいしいとうもろこしが食べられたっていう思いがこみあげてきて満足できるのさ」

「でもばあちゃん、一度くらいためしてみたら。最近のとうもろこしはとても甘くなってきてるっていうし」

「いいよ、いいよ。菜穂は生が好きで、ばあちゃんは塩ゆでが好き。それでいいよ。新しい味になじむには、ばあちゃんは少し歳《とし》をとりすぎちゃったんだね。なつかしい味が一番だよ」

「おしいなあ、生のとうもろこしって本当においしいのに」

ひとりごとのように菜穂がつぶやいた瞬間《しゅんかん》、菜穂の左手がくさりで引っぱられる形になった。クロがほかの犬のなわばりのサインに気づき、立ち止まって草むらに鼻をつっこんだからだった。

「クロ、いいから。行くよ」

そうクロに語りかけてくさりを引くと、クロは菜穂が前のめりになりそうな勢いでくさりを引き、菜穂の前を歩くばあちゃんのさらに前へおどりでようとした。

「クロ、そんなに引っぱったら菜穂が倒《たお》れちゃうよ。はしゃぐのもいいかげんにおし」

クロの頭の上に、ばあちゃんのかみなりが落ちると、クロは一瞬止まりそうになり、それから菜穂の少し前をゆっくり歩きだした。

「すごいね、ばあちゃん。クロがゆっくりになった」

菜穂は驚《おどろ》きをかくせないでいた。それに対してばあちゃんは、

「なんだかんだいったって、クロにご飯をあげるのはばあちゃんだからね」

と静かに笑ってみせた。

耕耘機《こううんき》やトラクターのわだちが残る農道を歩いていくと、遠くの方にとうもろこし畑をおおうようにオレンジ色の網《あみ》のようなものが見えた。

「ばあちゃん、あれ、なあに？」

菜穂がたずねると、

「あれはカラスよけさ。近頃《ちかごろ》はカラスが多くなって、もぎとろうとする直前にカラスに食べられちゃうのがしゃくでね。とうさんの仕事が休みのときに、手伝ってもらって張ったのさ。おかげで今年はカラスにやられないですむよ」

「へえー、そうだったんだ。とうもろこしを作るのも大変だね」

「カラスのほかにも、スズメやネズミやアオムシもいるよ。でもばあちゃんは農薬は使わないよ。自分の家族が食べるものに毒は使いたくないよ。それより頭のいいカラスたちと知恵《ちえ》比べしている方がよっぽど楽しいやね」

そう言うと何かがひらめいたかのようにばあちゃんの瞳が輝いた。

「菜穂、そういえばカラスも生のままとうもろこしを食べるよ」

ばあちゃんの言わんとすることがすぐにのみこめた菜穂は、

「ばあちゃんの意地悪」

と大声をだしてから笑いころげた。それにつられてばあちゃんもおおらかに笑った。

クロは何事が起こったのかと、笑いころげる二人をけげんそうに見上げていた。

とうもろこしの生食をからかわれた菜穂は、ばあちゃんが生で食べる野菜がないかと少し考えた。するとひとつの野菜が思いあたった。

「ばあちゃんだって、生で食べられる野菜、あるよ」

「何さ」

「小カブ」

「ああ、小カブかい。小カブはよくサラダに入れるから、生で食べて当然じゃないか。とうもろこしとはちょっと違うよ。菜穂もなかなか負けん気が強いね。ばあちゃんに似たかな」

そう言ってばあちゃんは再び高らかに笑った。

「でもばあちゃん、最近のとうもろこしは、フルーツとうもろこしともいわれてるよ」

菜穂はけんめいにくいさがった。

「確かにね。ただ、それを生で食べる人と塩ゆでにして食べる人がいて、なんの不思議もないよ。でも、小カブはみんなが生で食べておいしいっていうのさ。菜穂はどうだい」

「とってもフルーティーでおいしかった」

「そうだろ、そうだろ。それにはわけがあるのさ」

「わけって？」

「あのな、菜穂、小カブは秋の初めに種まきをして、秋の終わりから冬の初めに食べるように作るんだよ。でもな、その頃はまだ小カブは甘くならないから、浅漬《あさづ》けにしたりお味噌汁《みそしる》に入れたりするのさ。小カブが甘くなるのは寒に入る頃さ」

「寒って、いつ頃なの？」

「寒っていうのはな、一年でもっとも寒い時期のことで、そうさなあ、一月の終わりから二月の初め頃だな。小カブはもともと寒さに強い作物だけど、あまりにも寒くなると寒さをのりきれないから、小カブが自分でたくさんの糖分《とうぶん》を作って身を守るんだよ。その頃合いを見計らっていただくから、フルーティーでおいしくなるのさ」

「あれ、ばあちゃんがフルーティーって言った」

「そうだよ。その頃の小カブは、まさにフルーツみたいにさっぱり甘いから、いつも食べてる小カブと同じなんて思えないよ。だから菜穂がよく使うフルーティーって言い方は当たってるよ。それにな、菜穂、ばあちゃんが菜穂くらいのときには、甘いお菓子《かし》なんてなかったから、寒の小カブを食べるのがとても楽しみだったんだよ」

「そういえば、かあさんも小カブ好きだよね」

「そりゃそうさ。かあさんが嫁《よめ》にきてから、ばあちゃんが教えたんだから」

「そうだったんだ」

「そうさ。かあさんはそれまで寒の小カブのおいしさを知らなかったってさ」

「そうかもしれない。かあさんの実家は農家じゃないし」

「とうさんだって寒の小カブは食べるんだよ。ほかの時期の浅漬けは口にしないけど」

「へー、見たことないな。トマトとかゴーヤとか喜んで食べるようだけど」

「高校生の頃まで畑の手伝いをさせたけど、赤く熟《じゅく》したトマトを、その場でもいで食べてたっけ。キュウリなんか、一日たつと大きくなり過ぎちゃうんで、とうさんは家から塩をもっていって、水代わりによく食べてたよ」

「ばあちゃんは、野菜作りのベテランなんだ」

「ベテランというより、好きなんじゃよ。お天道様のもとで汗して働くのが。のどがかわいたら、トマトかじったり、小カブの味見をしたり……。菜穂がよく口にするスポーツドリンクとかは、ばあちゃんはちょっと苦手だから」

「でも暑いときは、水分も塩分もとらなきゃ、熱中症《ねっちゅうしょう》になっちゃうよ」

「そうらしいね。昔はそんな知識はなかったから、みんな暑いのを我慢《がまん》して働いたものさ。ばあちゃんだって、頭が痛《いた》くなってくらくらしたことなんて何度もあるよ。まあ、あれが今でいう熱中症のきざしだったんだろうよ。若くて体力があったから、倒れずにすんだにちがいないさ」

「気をつけてよ。もう若くはないんだから」

「ありがとうよ、気遣《きづか》ってくれて。でもな、もう若くはないから、真夏の暑いときに畑に出ることはひかえてるよ。それにな、農家には農家なりの知恵があって、夏は朝早くか夕方になってから畑に出るのさ。暑さの盛《さか》りには、家で涼《すず》みながら昼寝《ひるね》をするのさ」

「それはいい考えだよね」

「そうさ。みんなそうすればいいんだろうけど、農業だけで生活していかなきゃならない人は、そうもいかないみたいだよ。何もかもがせわしなくなったからね」

「あたし、ばあちゃんが作る野菜大好き。どれもこれもそれぞれの香《かお》りがあって、甘みがあって……」

「うれしいこと言ってくれるね。ありがとうよ、菜穂。ばあちゃんは家族が喜んで食べてくれることが、野菜を作る励《はげ》みになってるんだから」

とうもろこし畑につくと、

「菜穂、クロはあの太い支柱につなぎな」

とばあちゃんが指示した。菜穂がばあちゃんの後について、とうもろこし畑一面にはりめぐらせたネットをくぐろうとすると、クロが支柱をゆらす勢いで何度も吠《ほ》えた。

「クロ、お座り」

ばあちゃんの鋭《するど》い声がとんだ。クロがばあちゃんのいいなりになると、もう一度ばあちゃんがクロに命令した。

「伏《ふ》せ」

クロは前足をのばして馬入れの草むらに伏せ、小刻《こきざ》みに顔を動かしながら、二人のようすをうかがっていた。

「ばあちゃん、どのくらいの実をもいだらいいの」

「ほれ、ひげがこげ茶から黒くなってな、先の方をさわって実がぎっしり入ったのを、こうやってな、いっきに下に力を入れればポキッともげるさ。やってみろ、菜穂」

菜穂はばあちゃんにいわれるまま両手に思いっきり力を入れた。すると、とうもろこしの大きな実がおもしろいようにもげた。それをばあちゃんに渡《わた》すと、ばあちゃんは腕《うで》を耳元で後ろに折り曲げて、背負《せお》った竹かごの中に落としこんだ。

「菜穂、今度は自分でさがしてみな。もいで食べてみて、おいしければ当たりだ。ただし一本にしておきな。何本も食べると、夕飯が食べられなくなっちゃうから」

「わかった、ばあちゃん。食べていいんだね」

「ああ、いいとも。菜穂は生が好きなんだから」

菜穂はばあちゃんから離《はな》れて、日当たりのよさそうな奥《おく》までいってみた。すると南はしのところで、ほとんどのひげが黒くなった実をみつけた。さわってみると、先までぎっしり詰《つ》まっている。菜穂は何の迷いもなくその実をもぎとり、皮をむいて、ひげをむしりとって、とうもろこしにかぶりついた。甘いとうもろこしのジュースが口いっぱいに広がった。

「ばあちゃん。当たった、当たった、大当たりだよ」

菜穂は、畑の反対側で熟した実をさがしているはずのばあちゃんに聞こえるように大声を出した。すると、

「そりゃ、なによりだ。おいしいかい」

とばあちゃんの大きな声が返ってきた。

「とっても、フルーティーでおいしい」

菜穂は大喜びで、再び大声をはりあげた。

「そっちは菜穂にまかせるから、ちゃんと熟したのをもぐんだよ」

「はーい」

それから二本のとうもろこしをもいで、ばあちゃんのところへもどると、ばあちゃんは後ろ向きになって、それらを竹かごに入れさせた。

「はて、菜穂は二本もいだかな」

竹かごの中身が見えないのに、ばあちゃんは正確な本数をいいあてた。

「おっとっと、すでに一本に口つけてるから、合計三本だな」

「よくわかるね。二本いっしょに入れたのに」

菜穂は半分ほどかじったとうもろこしをばあちゃんにかざしながら、驚きの表情をうかべた。

「ばかにおしでないよ。何年とうもろこしをもいできてると思ってんだい。とうもろこしがかごの底にあたる感じを背中でわかるようになって一人前だよ」

ばあちゃんは少し口をとがらせながらも、目は笑っていた。

「そっか、ばあちゃんはとうもろこし作りのプロなんだ」

菜穂の言い方が軽々しく伝わってしまったのか、再びばあちゃんが菜穂を冷やかした。

「ところで菜穂、お前、どういうかっこうでとうもろこしをもいだんだい。そのかっこうを、ちょっとここでやってごらん」

「えっ」

とっさのばあちゃんの振《ふ》りに、菜穂はあわてふためいた。

「そんなこと、人の見てる前でなんかできないよ。やだ」

「菜穂の力では、両手を使わなきゃとうもろこしはもげないだろ。なのに、食べかけのとうもろこしが一本ある。土の上には置けない。さてどうしたのかな?」

「えーと、えーと、近くの、まだ熟していないとうもろこしのところに、はさむように置いたの。それで両手が使えたの」

菜穂はいいわけをするのに必死だった。

「そうかい。今回はそういうことにしておくかね。菜穂、いいかい、プロなんて言葉をそんな易々と使うもんじゃないよ。ばあちゃんは、家族と自分がとうもろこしをおいしく食べられればそれでいいんだ。売ってお金もうけしようなんて思ったことはいちどもないんだからね」

菜穂はばあちゃんにひとことも返すことができずに、顔を赤らめてその場に立ちつくしていた。

「おやおや、ちょっときつく言い過ぎてしまったようだね。ごめんよ、菜穂」

菜穂はばあちゃんを見て、苦笑いをした。

「それじゃあ、そろそろ帰ろうかね。今日の収穫《しゅうかく》は、最初に一本もいで、菜穂が三本で、ばあちゃんが八本だから、合計十二本ってことだな。よしよし」

「よしよしって、なに?」

とうもろこしをひとかじりしながら菜穂が聞いた。

「とうもろこしは、もいだらすぐゆでるもんなんだ。ひと晩《ばん》おいたら、甘みがとんでしまうんじゃ。菜穂が一本食べてるから、大釜《おおがま》で十一本ゆでればいい。それなら一回でゆでられるさ。その算段をしたんじゃよ」

「さすが、ばあちゃん」

もうひとかじりして菜穂がそういうと、

「軽々しく、大人をもちあげるもんじゃないよ」

と言いつつも、ばあちゃんは悪い気はしてないようだった。

「ところで菜穂。菜穂は果物が好きかい」

「好きかいなんて！　大、大、大好き！」

「そうだろうな。菜穂が離乳食《りにゅうしょく》を食べ始めた頃な、かあさんが晩生種《ばんせん》のモモを買ってきて与《あた》えたら、菜穂はにこにこしながら食べたもんさ。バナナをつぶしたのも喜んでたし」

「ばあちゃん、晩生種って、なに？」

「モモは早いものは六月には食べられるのさ。一番遅《おそ》いのは、地域《ちいき》によっては確か十月の終わり頃まであるはずなんだ。そのもっとも遅い時期にできるモモのことを晩生種のモモっていうんだよ」

「へー、ばあちゃん詳《くわ》しいんだね」

菜穂はとうもろこしを右手ににぎったまま、ポカンと口を開けた。

「別に詳しいわけじゃないよ。ばあちゃんはずっと農業をやってきたから、興味があるのさ」

「それで、今でも家にある果物は、ばあちゃんが手入れするんだ」

「それもあるけどな、今はばあちゃんしか手入れする人がいないからだよ」

「それにしても、家にはたくさんの果物があるよね」

「そうさ。昔はね、自分の家の子どもに食べさせるために、敷地内《しきちない》にいろんな果物を植えたものさ。アンズにスモモにユスラウメに筆柿《ふでがき》、どれもみな菜穂のひいじいちゃんが植えたものさ。大工の棟梁《とうりょう》やってお金を稼《かせ》いでいたから、そういうところにはおしみなくお金を使ってくれたね。菜穂は覚えてないだろ。ひ孫が生まれたのがうれしくてうれしくて、腰《こし》が曲がってるのに、菜穂を背負わせろ、背負わせろって、かあさんをやきもきさせたもんさ。その冬の終わりには亡《な》くなっちゃったから、菜穂は覚えてないよ」

「へー、そんなことがあったんだ」

「じいちゃんは、早くに病気で亡くなっちゃったし、とうさんもかあさんも仕事で忙《いそが》しいし。からだの続くうちは、ばあちゃんが世話をするよ」

「ばあちゃんは、果物、好き?」

今度は菜穂が聞いてみた。

「アンズもスモモも筆柿も好きだよ。スイカもメロンもいいね」

「よかった。ばあちゃんが果物好きで。また果物の話しようね」

「ああ、果物でも何でも、作物の話は楽しいからね」

「それはそうと、ばあちゃん、アンズはアプリコットっていうの。家のスモモは中が赤いから、あれはたぶんソルダムだよ」

「なんだ、菜穂はいろいろ知ってんじゃないか。これは一本とられました」

ばあちゃんが軽く頭を下げると、

「どういたしまして」

と菜穂もおどけてみせた。

ネットをくぐって馬入れの草むらに出ると、二人を待ちかねたようにクロが立ち上がり、ワンと一声吠えた。

クロは、菜穂が手に持ったとうもろこしをみつけると、俺《おれ》にもくれといわんばかりにくさりをいっぱいにのばして菜穂に近づいた。そして首輪で自分の首が苦しくなるのではないかと思えるくらいの状態のまま後ろ足で立ち、菜穂にとうもろこしをせがんだ。

「クロ、そんなにこれが欲しいの」

菜穂はとうもろこしをひとかじりしてそれを手のひらにのせ、お座りさせたクロの鼻先にさしだした。クロはクンクン匂《にお》いをかいでから、それをペロッとなめとった。

でもしばらく口の中で転がしてから、草むらにはき出してしまった。

「なんだよ、ちゃんと食べないんなら欲《ほ》しがるな」

菜穂がクロをしかると、

「クロはゆでた方が好きなんだよ、菜穂。クロ、もう少し待ってな。ばあちゃんがとうもろこしゆでてあげるから」

「くやしい」

「しょうがないだろ。クロにご飯をあげるのはばあちゃんなんだから、クロの好みはばあちゃんに似るのさ」

「そうじゃないよ。人にねだっておきながらはき出したクロが許せないよ。クロにも生のおいしさを絶対わからせてやる」

「そんな無理言うんじゃないよ。クロは生のとうもろこしは食べないよ」

「ばあちゃん、もしクロが生のとうもろこし食べたらどうする」

「そしたらばあちゃんも、生のとうもろこしを食べようかね」

「ほんとだね」

そう言って食い入るようにばあちゃんの瞳をのぞきこんだ菜穂の瞳は、静かに笑っていた。

菜穂の誕生日

ひいじいちゃんの十年祭だった昨年の冬、柏崎《かしわざき》のおじちゃんが十年祭の法事《ほうじ》にやってきた。柏崎のおじちゃんは、ひいじいちゃんの末の弟の徳三《とくぞう》じいちゃんの長男だ。つまり柏崎のおじちゃんは、早くに亡くなった菜穂のじいちゃんといとこになる。そのおじちゃんが帰りがけに、とうさんとかあさんにひとつの提案をした。

「どうだい、菜穂も環《たまき》も、もう大きくなったすけ、来年の夏にでも海水浴につれてきては。うちは若いもんが仕事だ、大学だで家をでてるすけ、部屋はいっぱい空いとる。民宿なんてとることね。うちに泊まればいい」

その言葉に、とうさんもかあさんも、ただただきょうしゅくして深々と頭をさげていた。菜穂も弟の環も、来年の夏は海水浴に行けるかもしれないと、心の中でひそかに期待がふくらんだ。

夏休みが近づいて、菜穂の気持ちは少し曇《くも》りがちだった。菜穂の誕生日は七月の半ばで、もうすぐ夏休みということで後まわしにされ、その日に誕生日を祝ってもらうことは今までなかった。お盆《ぼん》休みに、おいしいものを食べながら、菜穂の誕生日を祝ってくれたりしていた。

確かにとうさんもかあさんも仕事が忙しいから仕方ない。けれど、菜穂にしてみれば、友だちの誕生日によばれてごちそうになったり、プレゼント交換《こうかん》をしている手前、できれば自分の誕生日の当日に友だちをよんでみたい。夏休みは、友だちもそれぞれの予定で忙しいから、最近では、菜穂の誕生日は弟の環と一緒《いっしょ》に祝うのが恒例《こうれい》になってしまっていた。

環の誕生日は九月の末だから、菜穂にとっては二カ月遅れの誕生会ということになる。菜穂の友だちは、事情を知って快く祝ってくれた。そんな中で菜穂は二カ月の間《ま》延《の》びがしっくりいかないまま、環の大好物のフライドチキンを口にして時を過ごしていた。

それがこともあろうに七月十二日の夕食時、とうさんが突然《とつぜん》話を切りだした。

「菜穂、環、今年の夏休みは海水浴に行くかい？　とうさんもかあさんも今年は少し休みが取れそうだし」

「やったー、柏崎へ行くの」

泳ぎの得意な菜穂は、プールばかりでなく、いつか海で泳いでみたいと思っていた。

「姉ちゃんはいいよな。スイミングで上級だもんな。おれは泳ぐの、あんま得意でないし」

環は迷っていた。

「環が磯遊《いそあそ》びするような岩場もあるってよ」

ばあちゃんが、なだめるような調子で環に話しかけた。

「とうさんに相談されてな、柏崎のおじちゃんに電話して聞いてみたんだよ。そしたらな、お盆を過ぎるとクラゲがでるから、来るなら八月の初め頃までがいいってさ。環はどうすんだい」

「おれ、行きたい」

「よし、話は決まった」

「ばあちゃん、柏崎のおじちゃんに、もう一度連絡《れんらく》してくれるかな」

「わかったよ。夕飯食べたら連絡してみるよ。向こうも夕飯時だろうし、じゃましちゃ悪いからね。ああそうだ、この間連絡したら、徳じいも、菜穂に会ってみたいってさ」

「徳じいって、ひいじいちゃんの末の弟にあたる人」

「そうだよ。ひいじいちゃんの葬儀《そうぎ》には来てくれたけど、菜穂は赤ちゃんだったから、覚えてないだろうね」

ばあちゃんの言葉に、とうさんもかあさんもうなずいた。

「十年祭には、来なかったよね」

「ああ、歳でだいぶ足が弱くなってしまったんで、遠慮させてもらったんだってさ」

「そうだったんだ。その徳じい、いや徳じいさんて、あたしのひいじいちゃんに似てる?」

「そうだね、目元と口元が似てるよ。でも体つきは、徳じいの方がちょっとスマートかな」

「あれ、ばあちゃんがスマートなんて言葉使った」

少し身をのりだして、菜穂に反撃《はんげき》を試みたばあちゃんは、

「菜穂、ばあちゃんだってスマートくらい知ってるよ」

と笑ってみせた。すると、すかさずかあさんが身をのりだして、

「菜穂、菜穂は徳じいに会ってみたい？」

とばあちゃんの攻撃《こうげき》をかわした。

「うん、そりゃあ会ってみたいよ。ひいじいちゃんに似てるんでしょ。あたし、ひいじいちゃん覚えてないもん」

「そりゃあ仕方ないよ。だって菜穂はようやく離乳食を食べ始めた頃だもん」

かあさんが思い出すようにいった。

そんな話をずっと横で聞きながら、箸《はし》が止まっていた環の表情が少し険しくなったことにばあちゃんが気づいた。

「どうしたんだい、環。そんなに口とがらせて」

「だって、さっきから姉ちゃんのことばっかじゃん。徳じいは、おれのこと待っててくれないの？」

「そんなことあるもんか。環はまだ生まれてなかったんだもん、徳じいだってなんともいいようがないさ」

「あっ、そうか。おれ、まだ生まれてなかったんだ」

その環の一言で、夕食の場は大きな笑いにつつまれた。


「さて、海水浴の話が決まったところで、菜穂、今日はいくんち？」

かあさんが菜穂に確認《かくにん》した。

「えーと、今日は七月十二日。え、えっ、今日はあたしの誕生日じゃん」

「その通り。だからささやかなお祝いに、フライドチキン買ってきたわよ」

かあさんが台所に立つととうさんが、

「おい、かあさん、フライドチキンは環の好物じゃあなかったのか」

そう話すとうさんを尻目《しりめ》に、

「知らぬはとうさんばかりなり、だよねー？」

かあさんが菜穂に相づちを求めると、菜穂は大きくこっくりした。そして菜穂は迷わず、あばら骨《ぼね》のついた胸肉《むねにく》をチョイスした。

「ばあちゃんは、ちっちゃいんでいいよ」

「それじゃあ、これ」

環が気を利かして、鳥のふくらはぎにあたるピースをばあちゃんに手渡した。

「それじゃあ、みんな鶏肉《とりにく》持ったね。菜穂、誕生日おめでとう」

かあさんが音頭をとると、ばあちゃんととうさんと環が、

「誕生日、おめでとう」

と声をそろえて言った。

「ありがとう」

菜穂はみんなに礼を言うと、

「じゃあいくわよ。せーの」

とかけ声をかけた。それに合わせて、みんながフライドチキンにかぶりついた。二口三口食べた後、

「これって、おれの誕生日のパクリだけど、姉ちゃんの誕生日なら許してあげるよ」

環が鶏肉をほおばりながら菜穂に言った。するとすかさず、

「生意気言うんじゃないよ。姉ちゃんの誕生日のおかげで、環は大好物にありつけたんだろ」

とばあちゃんにたしなめられた。

「ばあちゃん、そんなにおこんないで。あたしはパクリでも嬉《うれ》しいんだから。それに今年は念願の海で泳げるし」

「ごめんよ、菜穂。いつも誕生日を環と一緒にしちゃって」

かあさんが本当に申し訳《わけ》なさそうに、菜穂にあやまった。菜穂はかぶりを振りながら、静かに笑っていた。

「本当だよ。仕事仕事っていうけどね、子どもはどんどん成長しちゃうんだからね。その時にしか、してあげられないことだってあるんだからね」

ばあちゃんの言葉を、とうさんもかあさんも神妙《しんみょう》な面持ちで聞いていた。

「ところで、ばあちゃんも海行くの？」

無邪気《むじゃき》な環の問いかけが、その場の空気をいっぺんに明るくした。

「ばあちゃんはね、クロとお留守番。親子水入らずで行っておいで」

その言葉に、かあさんが深々と頭を下げた。

「あっ、そうだ。残った骨はクロのものだからね。鳥の骨は硬《かた》いから、ばあちゃんが一手間加えてクロにやるんだから、生ゴミにはしないでおくれ」

そう言って、台所からばあちゃんが持ってきたボウルに、環は骨を入れ、二つめの鶏肉に手を伸ばした。

しかし菜穂は、肉の部分を食べ終わってからも、その骨をボウルに入れずにしゃぶっていた。そればかりか、おもむろにあばら骨をバリッと勢いよく割《わ》ると、その割り口にチュッチュ、チュッチュと音をたてながらしゃぶりついた。

初めてそのようすを目にしたとうさんが、

「菜穂、そんなことはよしなさい」

と大声をあげた。その声の大きさに、その場にいたみんなはあっけにとられてしまった。

「和博、いったい何が悪いんだい。菜穂の好きにさせてやればいいだろうよ。なにも毒を食べてるわけじゃあるまいに」

ばあちゃんがみんなの前でとうさんの名前を呼ぶときは、なにかしらの不満をぶつけるときだ。

「だって骨の髄《ずい》まですするなんて気持ち悪いじゃないか。それに菜穂は、サンマを焼けば内臓《ないぞう》ばかりに箸をつけて、身の部分はほとんど食べないし。いまどきそんな子いないよ」

「なにを言うかと思ったらそんなことかい。いいじゃないか、菜穂が好きならかっこうなんかどうだって。確かにお前は、サンマを焼けば、サンマの腹を下にして皿にたてて箸で押《お》してから背を割ってたよ。その後尾《お》と頭がついたまま、きれいに骨をはずしてから、身を開いてきれいに内臓を取り除《のぞ》いて、皮のついたままサンマにかぶりついてたよ。でもね、和博、お前が皿の脇《わき》にはじいた内臓を、亡くなったじいちゃんは、ここがうめえんだって食べてたじゃないか」

ひいじいちゃんは、生まれが海の近くだったから、刺身《さしみ》とか干物《ひもの》が好きだったようだ。それに昔は今みたいに宅配《たくはい》もなかったし、内陸まで魚を運ぶことは大変だったって聞いたことがあった。ばあちゃんは続けて、

「あたしにとってもじいちゃんにとっても、魚はとても貴重《きちょう》だったのさ。内臓だって残す気にはならなかったさ。あのほんのり甘くて苦い味が、あたしたちにとっちゃあ新鮮《しんせん》な味覚だったからね。それでもあの魚好きなひいじいちゃんが、お前のことをほめてたことがひとつだけあるよ。和博は魚の皮と身の間にあるあぶらがうめえってことを知ってるようだってよく言ってたもんさ。つまりね、和博はひいじいちゃんに味覚が似てるのさ。そして菜穂は、あたしやじいちゃんに味覚が似てるのさ。ただそれだけのことじゃないか。そんなことに目くじらたてんじゃないよ」

ばあちゃんの剣幕《けんまく》に、とうさんは二の句がつげないでいた。ふたりのようすをやきもきして聞いていたかあさんが、

「ばあちゃん、それくらいでいいんじゃないの」

とその場をとりなそうとした。

でもばあちゃんの気持ちはまだおさまらなかった。

「いや、よくないよ。仕事仕事で、和博が菜穂のことをよく見てないから、あんな素《す》っ頓狂《とんきょう》なことを言うんだ。あたしはね、和博が一人暮らしできるように、いろいろな料理を覚えさせてきたよ。教えるなんておこがましいから、小さいときから手伝わせて、身体で覚えさせてきたんだ。だから和博はひと通りの料理はできるんだ。うどんも打てるし、煮魚《にざかな》なんかおそらくあたしより上手だよ。うどんの汁だっていりこや干し椎茸《しいたけ》中心のものから、鶏ガラを使ったものまで、基本は身につけてるんだ。味付けなんか、いろいろ食べて自分に合ったものを見つければいいのさ。そこからは自分で考えることさね。それが嫁さんもらって、自分で料理をつくらなくなったら、その味がすべてであるかのように、自分の味覚を磨《みが》こうとしなくなってしまったのさ。言っとくけどね、真紀子さんが悪いって言ってるんじゃないよ。和博が新たな味覚に立ち向かわなくなってしまったから、菜穂の気持ちがわかんないのさ。菜穂にとっては、まだまだ見るもの口にするものの多くが新しい味だからね。いろんなものを口にして味覚を磨き、自分の世界を広げようとしてるのに、見た目だけで判断して、菜穂の世界をせばめようとしている和博の性根《しょうこん》が、あたしゃ気にくわないんだよ。いいじゃないか、毒じゃなければ何を口にしたって。確かに子どもと相対して新たな味覚に挑戦《ちょうせん》するには、想像以上のエネルギーが必要だよ。でもね、子どもの味覚を鍛《きた》えてあげられるのは、なんたって近くにいる人だよ。その最たるものが親じゃないか。よしんば子どもと同じものを口にしないまでも、それ、おいしいかくらい言ってあげたらどうなんだってことさ。あたしだって、菜穂や環と向き合うときは、真剣だよ。ときに冗《じょう》談《だん》をとばしながらも、そのときどきにあたしの考えを伝えるさ。かといってあたしの言う通りに菜穂や環が動くかどうかは別だよ。でもね、真剣に向き合ってあげることが、菜穂や環を育てていくことだと思うから。正直、菜穂や環の方が生きようとするエネルギーは強いんだから、こんな年寄りがそのエネルギーに立ち向かおうとするのは疲《つか》れることもあるけどね。食べるってことは、もっといえば、新しい味に出会うってことで、それは子どもたちにとっては、生きる活力そのものなんだからね」

そこまで言って、ばあちゃんは菜穂と環の方を見て、静かにほほえんだ。菜穂は、ばあちゃんの言ってることは、もしかしたらとうもろこしのことかもしれないと思った。とうさんは、ばあちゃんの勢いに押されてしばらくものを言わずにいた。そして思い出したかのように、静かに話し始めた。

「確かに学生時代は、昼の学食以外はほとんど自炊《じすい》だったから、帰りがけに鶏肉専門の総菜《そうざい》屋に寄って、唐揚げや鶏ガラを買ったこともあったよ。ばあちゃんがたまに鶏ガラを使ってだしをとるところを見てたからね。それに家が裕福《ゆうふく》ではなかったから、進学するときに奨学金《しょうがくきん》をもらうことにしたんだけど、その支給が、一年のときは九月に半年分がまとめて支払われるってわかったから面食《めんく》らったね。それまでの半年間の生活費をどうしようかと思って。確かに家からの仕送りはあったし、農家だから米は送ってもらっていたから助かったよ。でもそれだけでは、当時でも東京で生活することは楽じゃなかった。だから必死にアルバイトをさがしたもんさ。大学生なら家庭教師の方が時間給はよかっただろうけど、俺は家庭教師より身体を動かして働く方が好きだったからね。挙げ句の果てに見つけたのが、八百屋さ」

「えっ、とうさんが八百屋で、あの売り子をやったの？　へー、初耳だ」

かあさんは、どちらかといえば静かなとうさんが、イラッシャイなどとかけ声をかけて、野菜を売りさばく姿が想像できないようだった。

「そうだろ、あたしだって自分の息子が八百屋でアルバイト始めたって聞いて、驚いたったらありゃしないよ」

ばあちゃんもかあさんと同じ思いのようだった。

「そんなことは自分が一番よくわかってるさ。清水《きよみず》の舞台《ぶたい》から飛び降りるとまでは言わないまでも、背に腹は代えられないっていうことだったんだろうな。振り返ってみれば、やってよかったと思うよ」

菜穂と環はだまってとうさんの話に耳を傾《かたむ》けていた。

「確かに性に合わなかったかもしれないけど、八百屋でアルバイトしてみて、わかったことがたくさんあるんだ。今は宅配のシステムが発達しているから、朝に収穫したものを、その日のうちに店先に並《なら》べることはできるよ。でもね、当時はいったん青果市場に集荷してから、競《せ》りにかけて店に運ばれてくるというのが当たり前だった。だからホウレンソウなんかやしなびていたり、一部の葉が黄色くなっちゃったりして。

小さい頃から野菜はみずみずしいものしか目にしてなかったからね。野菜や果物を売りながらも、これ食べても菜の甘みは感じられないだろうなって思ったものさ。その八百屋は果物もあつかってたけど、リンゴなんかは、皮の表面が白くなるほど農薬が吹《ふ》き付けられているものがあったよ。もしモモだったら、農薬がかかっているかどうかも見分けがつかないよ。それに、同じリンゴでもさわるとなんかべとべとしたので店長に聞いてみたら、ワックスが塗《ぬ》ってあるというじゃないか。農薬は水性だから洗《あら》えば落ちるというけど、リンゴもモモも、どれも皮ごと丸かじりできないと思ったね。ほかにもミカンにもワックスがかかっていたものがあったよ。そんなにも見た目が大切なのかって思ったね。キュウリなんか、まっすぐな形の方が一箱にたくさん入って遠くまで運ぶのに便利だから、農家はまっすぐなキュウリを作るように努力してるんだって。キュウリなんて、旬《しゅん》のものなら、曲がってようがまっすぐだろうが、味に変わりはないのに。今まではあちゃんの話を聞いていたら、八百屋でアルバイトしていた頃のことを急に思い出したよ」

そこでとうさんは話をしめくくった。

菜穂と環は、とうさんの売り子姿がどうもしっくりこないようすで互《たが》いに顔を見合わせた。かあさんは、そんなことがあったんだあ、とかんがい深げにとうさんをみつめていた。

「そろそろお開きにしていいかい、菜穂」

ばあちゃんがそういうと、みんなわれに返ったようにテーブルの皿を片付《かたづ》けはじめた。

「おっと、ボウルはあたしが預かるよ」

ばあちゃんは席を立って台所に向かうと、鍋《なべ》に鶏の骨を移し、水を張ってガスにかけた。菜穂はばあちゃんの後を追うかのように、いくつかの皿を流しに運んだ。するとばあちゃんが、菜穂にあやまるような口調で言った。

「菜穂、今日は菜穂の誕生日なのに、余計なことをべらべらしゃべってごめんよ」

「そんなことないよ。ばあちゃんのおかげで、とうさん、前よりあたしのこと少しわかってくれたみたい。ありがとう」

菜穂は素直に自分の気持ちをばあちゃんに伝えた。

「そうかい。菜穂がそう思ってくれるなら、ばあちゃんもちょっとがんばったかいがあるというもんだ。菜穂は菜穂なんだから、より近くにいる人がありのままの菜穂のことをわかってくれなかったら悲しいじゃないか」

鍋に向かっていたばあちゃんは、そっと菜穂をふり返った。

「それはそうと、なんで鳥の骨を煮るの。クロだって早く食べたいんじゃないの」

「クロには早くあげたいよ。けど鳥の骨はとにかく硬いからね。骨がクロののどにでも刺さったら大事だからね。煮て少し柔《やわ》らかくしてから金づちでたたいて細かくしてからクロにやるのさ。それまではクロには少し待ってもらうしかないよ」

「そうか、そこまで手をかけていつもクロを遊ばせているから、クロはばあちゃんの言うことをよく聞くんだ」

「おっと、これはちょっとしくじったかな。菜穂にクロを手なずける秘密《ひみつ》を教えてしまったようだ」

ばあちゃんはそう言ってふり向くと、菜穂と顔を見合わせ、二人はゲラゲラと高らかに笑った。

番神《ばんじん》海水浴場

関越《かんえつ》高速を六日町《むいかまち》で降《お》り、十日町《とおかまち》の町中を抜《ぬ》けて山越えのトンネルをいくつか抜けて国道八号線に出た。とうさんは車を運転しながら、辺りをきょろきょろ見回した。

「とうさん、大丈夫《だいじょうぶ》。道、わかるの?」

菜穂は少し心配になった。

「あのね、菜穂。とうさんね、中学生のときに柏崎に来たことがあるんだって」

かあさんが菜穂の心配をぬぐうかのように助け船を出した。

「えっ、そうなの。それでその時、海で泳いだの?」

「いや、その時は別の用事で来たんだけど、柏崎のおじさんにいろいろなところへ連れて行ってもらったから、この国道はよく覚えてるよ。どこの信号で脇《わき》道に入るかもね」

「それなら心配ないや。心配して損しちゃった」

「そうね、もうすぐみたいだから、とうさんにまかせとこうよ」

菜穂とかあさんはだまって、それぞれ車窓《しゃそう》からの景色をながめていた。環は高速からずっと、シートに寄りかかって寝ていた。

「おうっ、ここだ、ここだ」

「えっ、着いたの」

菜穂は身を乗り出して、フロントガラスの前方を見た。

「ほら、前の信号の向こうに、左へ入る脇道があるだろ。そこを入ればすぐだ」

とうさんはそう言ったとたん左にハンドルを切って脇道に入ると、百メートルも進まないうちに、車は柏崎のおじさん宅の庭へすべりこんだ。

車が止まる音を聞きつけて、柏崎のおじさんが玄関《げんかん》の引き戸を開けた。

「おー、おー、よく来た、よく来た」

と車を降りかけたとうさんに声をかけ、とうさんは、

「お言葉に甘えて、お世話になります」

とおじさんに挨拶《あいさつ》をした。

「おー、みんなよく来た」

そう言ったおじさんは、身をひるがえして、

「徳じい、徳じい、菜穂たちが到着《とうちゃく》したぞ。徳じい」

大声でそう言いながら、おじさんは奥の間に入っていった。おじさんと入れ替《か》わりにおばさんが四人を迎《むか》えてくれた。

「さあ、さあ、上がらっせ、上がらっせ。和博さん、道はわかったかね」

「なんとか。昔来たときに、おじさんの車でいろんなところへ連れてってもらったから、ここら辺の道は覚えてますよ」

「ああ、そっかね、そっかね。そりゃよかった」

そこへおじさんが戻《もど》ってきて、大声を出したことをみんなにわびた。

「いやー、でかい声出してごめん。徳じいな、この頃ちょっと耳が遠くなってな、あ

んくらいな声でないと聞こえんのよ。まあ、上がって、上がって」

そこにゆっくりした足取りで徳じいがやってきた。

「和博、よう来なすった。こっちが菜穂で、こっちが環か」

徳じいは、とうさんに確認するように話しかけた。

「そうです」

とうさんが笑顔で返すと、

「菜穂、環、早う上がれ、ここはお前らの家みたいなもんじゃ。なんも遠慮はいらん。早う上がれ。真紀子さんも早う」

徳じいは、まるで自分のひ孫に接するかのように満面の笑みをたたえていた。

「さっ、さっ、上がらっせ」

おばさんの声に後押しされるかのように、居間に通された。

おばさんがお茶の用意を始めると、徳じいが、

「菜穂は何年生になった」

と聞いてきたので、菜穂は、

「四年生」

とふつうの声で答えた。

「えっ、何年生」

と徳じいが聞き返した。

「菜穂ちゃん、徳じいは耳がよく聞こえないから、も少しおっきな声で言ってあげてよ」

おじさんにそう言われたので、菜穂は親指をおって指を四本立て、大きな声で言った。

「四年生です」

「ほう、もう四年生か。大きくなったのう。そいじゃあ、環は何年生じゃ」

「二年生。初めまして」

環は菜穂のしぐさをまねて、二本の指を立ててみせた。

「ほう、二年生か。そうじゃ、そうじゃ、環に会うのは、わしも初めてじゃよな。こちらこそ、初めまして」

徳じいは、大きな手で環の頭をゆっくりとなでた。

その夜は、おじさんが大きな寿司桶《すしおけ》をふたつとってくれた。

「遠慮しなくていいから、どんどん食べなさい。寿司屋の大将《たいしょう》が、今日はクエが入ってるっていうから、入れてもらってあるはずだ。どれ、どれ」

おじさんは寿司桶をのぞきこんだ。

「ほう、ほう。これだ、これだ。ちょうどお客さんの分はあるようだから、ひとつずつどうぞ」

「クエって、九州で食べられるアラですか」

とうさんは、びっくりしたようにおじさんに問い返した。

「そう、そう。でも鍋にするような大きなものはいないよ。でも小振《こぶ》りのものは、たまにあがるらしい。小さくてもなかなかあぶらがのってるよ」

「へー、そりゃあ、すごい」

とうさんは、さっそくクエをほおばった。

「うん、これ、いけますね。しっかり、いいあぶらがあって」

「そうだろ。おれたちだって、年に数回しか食べられないよ」

とうさんとおじさんは、クエ談義に花が咲《さ》いていた。菜穂はイカ、環は甘エビ、かあさんは光り物が好きなのでシメサバに、それぞれ箸をのばした。

「このカニも、日本海の味だよ」

おじさんにすすめられるまま、菜穂、環、かあさんがほおばった。

「おいしい」

「うまい」

「おいしいね」

三人とも気に入ったようで、おじさんは満足げだった。

「そんなにカニが好きなら、明日海水浴の帰りに、ゆでたのを買ってこようか」

とうさんの提案に、三人とも嬉しそうにうなずいた。

「そりゃあ、よかった。一杯《いっぱい》千円もしないよ」

おじさんがカニの値段をとうさんに教えた。

「やったね。姉ちゃん」

「うん、今年はまだガザミも食べてないし」

「菜穂ちゃん、ガザミってワタリガニのことかい？」

おじさんが環と菜穂の話に入ってきた。

「そう、ガザミってワタリガニのことだよ。あたし、あれにかぶりつくのが好きなの」

「通だな、菜穂ちゃんは。あれはかぶりつかなきゃ、おいしくないよ。なんだ、和博が口が肥えていると思ったら、みんな口が肥えているようだな」

「あたしの弟が修業を終えて、店を出したんです。隣町《となりまち》に。だからこの子らは、ものごころついたころから生ものを口にしてるんです」

かあさんは、ふたりが生ものを好きになったわけをおじさんに説明した。

「そうか。それじゃあ、寿司はよく食べてるんだな。それでわかった。菜穂ちゃんも環君も、寿司の食べっぷりいいもの」

「でもおじさん、今回は日本海のめずらしい味もいただいてる。ほんとにおいしいよ」

菜穂はいただいている寿司のおいしさを、素直におじさんに伝えた。

「なんも、なんも。こんなに気持ちよく食べてもらえれば、出したかいがあるってもんだな。ばあさん」

「ほんと、ほんと」

おばさんもおじさんも徳じいも、ふたりの食べっぷりのよさに、満面の笑みを浮《う》かべていた。


「それじゃあ、行ってきます」

「そうさなあ、車なら十分くらいだろう。気ぃつけてな」

とうさんはおじさんと軽い言葉を交わし、国道八号線へ出て、車を西へと走らせた。

雲の合間からときおり太陽が顔を出すくらいの天候だったから、かあさんは、

「砂浜が熱くなり過ぎなくてちょうどいいよ」

と言っていた。海の家も適度に空いていて使いやすそうだった。

菜穂は軽く準備体操《たいそう》をして、海水をすくい身体にかけた。

「なんか、生ぬるいよ。とうさん」

「ずっと暑かったから、陸の近くはこんなもんだろうよ」

「じゃあ、とうさん、あたしちょっと行ってくるよ」

「菜穂、とりあえず手前にある小さな岩までにしておきな。ひと泳ぎして休んでから、ゆっくり、たくさん泳げばいい」

「わかった、とうさん。じゃあ、行ってくるね」

菜穂は波打ち際を五、六歩歩くと、前のめりに海に入った。なんだかプールに入るより身体が軽いような気がした。菜穂はゆっくりクロールをくり返し、砂浜から三十メートルほど離れた岩場まで一気に泳ぎ切った。そして足場を確かめながらそこに上って、手を振りながら叫《さけ》んだ。

「とうさん、着いたよー」

「菜穂、そこから外の海へ行くんじゃないぞー」

とうさんは両手をほおに当てて大きな声を出した。

「わかったよー、とうさーん」

菜穂は岩場のなるべく平らな場所を選んで腰を下ろすと、軽い波しぶきをあびながら、砂浜のようすに目をやった。

浜辺では、環とかあさんがいっしょうけんめいに浮き輪に空気をふきこんでいた。それでも持ってきた浮き輪が大きかったのか、結局とうさんがふたつともふくらます羽目になっていた。

環とかあさんは、浮き輪を頭から通すと海に入り、とうさんの腰のあたりの深さになったところで身体を海に投げ出した。かあさんは波間に浮かんでいるのを楽しんでいたようだった。でも環がめちゃくちゃなバタ足をするので、かあさんは海水を顔にかぶってしまい、そのたびにしぶきを手でぬぐっていた。

つぎの瞬間、菜穂は岩場から海に飛び込み、環のところまでクロールで向かった。

しばらくして環の浮き輪をつかんだ菜穂は、

「環、せっかく海に来たんだから、もうちょっと砂浜から離れてみようよ」

と環に話しかけた。そして片手とバタ足をうまく組み合わせて、環をかあさんから十メートルほど離れたところまで引っぱっていった。

「菜穂、そこら辺にしときな」

とうさんは笑っていた。

「じゃあ、環、かあさんのところまで泳いでごらん」

菜穂はその場で立ち泳ぎをしながら見守っていると、何度も環のバタ足のしぶきを受けた。

「環、そんなにひざを曲げないで。ひざをのばしてもっとゆっくりバタ足してごらん」

すると環はほどなくかあさんのところにたどり着いた。浮き輪をしていても泳げると楽しいようで、

「姉ちゃん、また引っぱってって」

環は菜穂に頼んだ。

「仕方ないなあ。もう一回だけだよ」

菜穂は環の浮き輪をつかんで、環が泳ぎ始めたところまで連れて行った。

「よーい、スタート」

菜穂のかけ声で、環は砂浜に向かって泳ぎだした。菜穂はそのようすを見送りながら、

「とうさーん、代わってよー」

と少し大きな声を出した。とうさんが大きくうなずいてくれたので、菜穂はそのまま仰向《あおむ》けに浮いてみた。するとプールでは顔しか水面に出ないのに、水着のお腹あたりはおろか、太ももや足の指も水面に出ている。菜穂は、海はプールより浮きやすいんだと思いながら、波間に浮かんで休んでいた。

「菜穂ー、まるでラッコみたいよー」

かあさんにそう言われた菜穂は、顔だけ横にして、

「ラッコなら、貝がなくちゃー」

と両手を上げて振って見せた。環も、とうさんもかあさんも、いったん波打ち際に戻って腰をおろし、にこにこしながら波間に浮かぶ菜穂をながめていた。

「かあさん、菜穂は大丈夫だから、環に磯遊びさせよう」

とうさんが腰をあげると、浮き輪を持ってかあさんと環がついてきた。潮《しお》だまりで、とうさんが小さな魚をみつけ、手でつかまえようとすると、小魚は海水を吸《す》いこみ、お腹を大きくふくらませた。

「おおっ、こんなに小さくても、いっちょうまえに相手を威嚇《いかく》しようとしてるぞ」

とうさんの顔は、童心に返ったようにほころんだ。

「環、かあさん、ちっちゃいけどフグだ。早く来てごらん」

小走りにふたりが駆《か》け寄ると、

「あっ、フグだ」

「ほんと、威嚇してる」

「かあさん、威嚇って、なに?」

「威嚇ってね、相手をおどすことよ、環」

そのときとうさんが、てのひらで海水ごとそのフグをすくって、静かに環のてのひらに移した。

「背中が緑色してるし、ちっちゃな白い斑点《はんてん》がいっぱいあるよ、とうさん」

生きたフグが自分のてのひらの海水に浮かんで、口をパクパクしていることが、環は嬉しくて仕方ないようだった。

「よかったね、環」

かあさんも環のてのひらの中をのぞきこんだ。

「この緑色と白い斑点からすると、たぶんこれはクサフグの子どもだよ」

「すごいね、とうさん。そんなことわかるの」

「そんなことないさ。とうさんは成長したクサフグを見たことあるし。よくスーパーなんかで唐揚げ用に売ってるのは、ほとんどこれだよ」

「ああ、そういえばたまにみかける。あれがこれが大きくなったものなの。皮がむかれて、内臓と頭が落とされてるわよ」

「そうだと思う。クサフグはほぼ日本中にいるしね。クサフグは内臓と皮に強い毒性があるから、調理人がそのようにさばいてるんだろうよ。でもこうしてみるとかわいいもんだね」

皮にも毒があると聞いて、急に環はおどおどした表情をみせた。

「どうすんの、とうさん。これ皮にも毒があるんだろ。ぼく、さっき触《さわ》っちゃったよ」

「大丈夫だ、環。食べたわけじゃないんだから。そんなにこわくなったんなら、静かに潮だまりに戻してあげなさい」

環は、とうさんに言われるままにクサフグの子どもを潮だまりに戻した。

「かあさん、この手洗わなくても大丈夫」

「大丈夫よ。ね、とうさん」

かあさんがとうさんをみると、とうさんは笑いながら大きくうなずいた。潮だまりでは小さなイソギンチャクが触手《しょくしゅ》をのばしていた。よくみると、数匹《すうひき》のクサフグの子どもが、ちっちゃな背びれと尾をせわしなく動かしながら、いつの日か大海原へと泳ぎ出すための準備をしていた。

「あれっ、菜穂の姿が見えないわよ、とうさん」

「さっきまでラッコのように浮いてたのになあ。かあさんは環から目を離すなよ。ちょっと見てくるから」

とうさんは砂浜にもどると、右手から海水浴場に突きだしている大きな岩場まで、平泳ぎでゆっくり泳いでいった。そして大きな岩場を回りこむと、菜穂が地元の子と思われる二人の女の子といっしょに、小石で岩場をたたいているのを目にした。とうさんは岩陰《いわかげ》からしばらくながめていたが、ゆっくり菜穂に近寄った。

「菜穂、なにしてんだ？」

「あっ、とうさん。岩ガキだって。おいしいよ」

とうさんは、大きな声を出しそうになったのを抑《おさ》えて、

「ここへ来るなら、とうさんやかあさんに言わなきゃ心配するだろ」

「ごめん、とうさん。仰向けに浮いていたら、ここへ来ちゃったの。そしたらカキにありつけたってわけ」

菜穂は二人の女の子に向かって、

「とうさんなの」

と言った。とうさんが軽く会釈《えしゃく》すると、

「菜穂ちゃん、あたしたち、あっちの岩へいくね。残ったカキ、好きに食べて」

ととうさんに軽く頭を下げ、二人は歩いていってしまった。

「ありがとう。カキの食べ方教えてくれて」

菜穂がお礼を言うと、二人は振りかえって、ほほえみながらこっくりとうなずいた。

とうさんが悪いことをしてしまったかと悔《く》いていると、

「とうさん、食べる?」

と菜穂が無邪気に聞いてきたので、とうさんはもう少し菜穂の好きにさせておくことにした。菜穂は小石で岩にはりついたカキの殻《から》をたたき、殻が割れると小さな中身を爪《つめ》でほじくりだして口に運んでいた。

「おいしいのか」

とうさんは、菜穂が飽《あ》きもせずカキを口に運んでいるので、聞いてみた。

「おいしいよ。このカキ、夏に食べるんだね。家で食べるのより塩味がきいてて」

とうさんは、菜穂がこの手のものが本当に好きなんだと思い知らされた。

「ああ、いいおやつになった。それじゃあ、とうさん、この岩を回って砂浜まで競争ね」

菜穂は小石を海に投げると、スタートの用意をした。

「よし、勝負だ」

とうさんが手を打って、二人とも泳ぎ始めた。どう考えても菜穂のクロールに、とうさんの平泳ぎがかなうはずはなかった。

スイカとカニと

柏崎のおじさん宅に戻ったのは、午後四時近かった。おじさんは庭師をしている。おじさんはお盆前で忙しいはずなのに、

「残りは弟子にまかせてきた」

と言って、菜穂たちを迎えてくれた。

「お腹空いたろ。ばあさんにおにぎりつくってもらってあるから、おあがり。コシヒカリは冷めてもおいしいよ」

菜穂は朝食のご飯をとてもおいしいと思った。お米の一粒一粒がつやつや輝き、甘みが強くてねばりもあった。おじさんが言う、冷めてもおいしいとはどんなものなのかと、菜穂はおにぎりに手をのばした。

「おじちゃん、冷めてるのにお米がつやつやしてる」

「ほう、さすが菜穂ちゃん。よくわかったね」

「あたしんちのお米は、冷めるとビチャビチャになっちゃうから、のりを巻《ま》かないとだめなのに、これはのり巻いてない」

「そうだ。コシヒカリは塩結びがおいしいんだよ。まあ、食べてごらん」

菜穂はおにぎりを一口ほおばった。お米に弾力《だんりょく》があって、かむほどに甘みが増してくる。

「おじちゃん、これ、ほんとにおいしい」

「菜穂ちゃんの味覚はたいしたもんだ」

「だって、おいしいものは、おいしいもん」

菜穂はにこにこしながら、おにぎり一つを食べ終えてしまった。とうさんもかあさんも、ぺろっと食べ終えてしまった。

「あれ、環君は食べないの」

環はかあさんによりかかっていた。

「環君は、疲れたのかい？」

おじちゃんがたずねると、環は小さくこっくりした。そのときかあさんが思い出したようにカニの入った袋《ふくろ》を取り出した。

「おじさん、すいません。このカニ、夕食にみんなで食べようと思うんですけど、冷蔵庫にしまっておいていただけますか」

「おおっ、こんなに買ってきたのかい。それじゃあ、今夜、ズワイガニの食べ方を教えような。ばあさん、ちょっと買い物に行ってるから、わしが預かるよ」

おじさんは台所から戻ってくると、

「菜穂ちゃん、環君、畑にスイカを取りに行くかい。米もそうだけどスイカも作ってるんだ。どうする？」

「行きたい。行く、行く」

菜穂は即座《そくざ》にそう答えた。ところが環はなんだか気がのらないようだった。とうさんが、

「環は、海で疲れちゃったようなので、菜穂だけお願いできますか。おじさん」

と言うと、

「わかった。よし、菜穂ちゃん行こうか」

「はーい」

菜穂は、おじさんの車の助手席に乗り込んだ。

「菜穂ちゃん、ここをまっすぐ行くと番神海水浴場だ。おじさんちの畑は、この右上の方にあるのさ。道が悪いから揺《ゆ》れるよ。よくつかまってて」

おじさんはハンドルを右に切り、舗装《ほそう》されていない山道をゆっくり上っていった。辺りには、マツがまばらに生えている。そんな山道を五分ほど行くと、急に視界《しかい》が開けた。畑の端《はし》にマツ林が連なっている。おじさんによれば、畑の土や砂が飛ばないための防風林なのだという。

「菜穂ちゃん、ここだ、ここだ」

菜穂は、車から降りると畑を見渡した。雑草がたくさん生えている。でもそれらをおしのけるように、たくさんのスイカの葉が畑一面に広がり、その中に少しだけ顔をのぞかせたスイカが散らばっていた。

「さて、おいしいスイカがあるかな」

おもむろに畑に入ったおじさんは、熟したと思われるスイカを次々にかるくたたいた。菜穂は、おじさんの後をついていって、聞いてみた。

「おじさん、なにやってんの?」

「ああ、これかい。こうやって軽くたたくと、スイカのできがだいたいわかるのさ。スイカはその場で割ってみるわけにはいかないだろう」

「へー、すごいね。中が見えないのに、できぐあいがわかるなんて」

「昔から、ずっとこういうふうにしてきたのさ。たまにはまちがえることもあるけど、おじさんくらいになると、もう耳が覚えてるからね。このスイカは、食べてくださいって言ってるって。菜穂ちゃんもたたいてみるかい」

「うん、やってみたい。どうすればいいの」

「たいしたことはないのさ。手を広げてな、四本の指で、スイカを軽くたたいてみるんだ」

菜穂はおじさんに言われるままに、足下のスイカをたたいてみた。

「どうだい、菜穂ちゃん」

おじさんに聞かれても、菜穂はただ首をかしげるしかなかった。

「どうれ、おじさんがたたいてみようか」

菜穂がたたいたスイカを軽くたたいた後、おじさんは、

「菜穂ちゃん、これはもう少し置いた方がいいみたいだ」

と言った。菜穂はすかさずそのスイカの皮に、鼻を近づけてみた。そのスイカは、キュウリのような、青くさいにおいしかしなかった。

「そんなことしてもわかんないよ、菜穂ちゃん」

おじさんは、菜穂のしぐさにおどろきながらも、静かに笑っていた。

「でもおじさん、鳥がつついた実は、ほかのどれよりも甘いよ」

「うん、それは確かにそうだ」

「あのね、あたしんちの裏《うら》に大きなソルダムあるでしょ」

「ソルダムってなんだね」

「あっ、おじさんもばあちゃんみたいなこと言ってる。スモモだよ」

「ああ、あったね。大きいのが」

「その実を食べるとき、鳥がつついたものがあると、あたし、真っ先にそれを選ぶの。それでね、その、鳥がつついた実はね、ほかのどの実より甘くておいしいの」

「そうだ。それはおじさんもよくわかる。鳥はほんとうにおいしいものを見分けるからね。スイカだってそうだよ、菜穂ちゃん。ここら辺はあまりカラスはいないけど、たまにやってきてスイカをつつくんだ。それがね、ちょうど食べ頃のものばかりさ。カラスには頭にくるけど、熟したスイカを見分ける力は、たいしたもんだよ」

「カラスもそうなんだ。じゃあ、あたし、カラスになってみる」

「ええっ、菜穂ちゃんはおもしろいことを言うね」

「カラスになっちゃあ、だめ？」

菜穂は懇願《こんがん》するように、おじさんをみあげた。

「いいよ。菜穂ちゃんの好きにして」

おじさんは温かい眼差《まなざ》しでそう言った。おじさんの許可がでたので、菜穂は畑をめぐってスイカをみつけると、ひとつひとつその香りをかいでみた。

菜穂は、畑のスイカから三つを選んでおじさんを呼んだ。

「おじさん、お願い。これ、たたいてみて」

菜穂は一つめのスイカを指さした。

「どれどれ」

「これ、ほんのり甘い香りがしたの」

おじさんはスイカをたたいてみて、目を見張った。

「菜穂ちゃん、すごいな。これ、ほぼいいんじゃないの」

「じゃあ、おじさん、つぎはこれ。これもわずかに甘い香りがした」

おじさんは、ふたたびスイカをたたいてみた。

「うん、これはもう少し置いた方がいいみたいだよ、菜穂ちゃん」

「じゃあ、最後は、これ。これが三つの中では一番甘い香りが強かった気がする」

「どれどれ」

おじさんは、三たびスイカをたたいてみた。

「おう、これはできてるようだけど、ちょっと空洞《くうどう》があるようだ」

「えっ、空洞のあるなしまでわかるの」

「いいかい、菜穂ちゃん。ほら、さっきより少し高い音がしないかい」

菜穂は、おじさんがスイカをたたく音に耳をすました。

「ほんとだ、ちょっと高い気がする。すごいね、おじさん」

「それじゃあ、最初と最後のふたつを持って帰ることにしよう。そんなことより、菜穂ちゃんの鼻、いや匂いをかぎ分ける力はたいしたもんだ。二勝一敗だもの。それって、特技だよ」

「そうかなあ。でもかあさんによく言われるの。菜穂はかあさんがわからない匂いを感じることができるって」

「本当かい。そりゃすごい。そりゃ、誇《ほこ》っていいよ」

「おじさん、ちょっと待って。これね、かあさんしか知らないの。だから今日のことは内緒にしておいて。お願い」

菜穂は、両手を合わせておじさんに頭を下げた。

「わかった、わかった。何か事情があるんだろう。今日のことは、菜穂ちゃんとおじさんの秘密にしておこう」

おじさんは、くちびるを結んで、その前に右の人さし指を一本立てた。

「おじさん、ありがとう」

「なーんも。ところで菜穂ちゃん、この畑の下が番神海水浴場なんだけど、見てみるかい？」

「えっ、うん。見たい、見たい」

ふたりは、マツの防風林のところまで歩いていった。

「ほら、どうだい。菜穂ちゃん」

「あっ、あの岩、あたし上った。それから右手の大きな岩のところで、カキ食べた。地元の女の子が教えてくれたの。ちっちゃかったけど、おいしかったよ。おじさん」

それを聞いて、おじさんはどこか遠くを見るような表情をした。

「菜穂ちゃん、そのカキ甘かったろ」

「うん、ほんのり甘かった」

「そうだ。新鮮でおいしいものはなんでも独特の香りがあって、ほんのり甘いもんだ。菜穂ちゃんが食べたのは、岩ガキっていうんだ。おじさんもよく食べたよ。そうだなあ、半世紀も前のことだけど」

「半世紀前？」

「半世紀前ってのはね、五十年前ってことだよ。菜穂ちゃん」

「そんなに前」

「その頃おじさんは中学生だったから、農作業の手伝いが終わると、友だちと連れだってよく泳ぎにきたもんさ。お盆の前は、田の草とりが大仕事でね。午前中のすずしいうちに手伝いをすませて、お昼過ぎは身体を冷やすためにも番神海岸で泳いだのさ」

「そうだったんだ」

「その頃はね、もっと大きなカキがあったんだ。こんくらいかな」

おじさんは、両手の親指と人さし指を使って、カキの大きさを菜穂に示した。

「そんな大きいの？　あたしが食べたのは、三センチあれば大きな方だった」

昔のカキの大きさにびっくりしている菜穂を、さらにうらやましがらせる話をおじさんが続けた。

「それにね、菜穂ちゃん、その頃はサザエがいっぱいあったから、みんなでもぐってつぼ焼きにしたよ。ペットボトルみたいなもんはなかったから、使い古しのビニル袋に醤油《しょうゆ》を入れて、口をしばって持ってってね」

「いいなー」

「いや、ほんとはいけないんだよ。今そんなことしたら、漁師におこられちゃうけど、その頃はおおらかだったんだね。地元の中学生が流木《りゅうぼく》を集めてつぼ焼きを食べても」

「いいもん、あたし今日、浜焼きのお店でつぼ焼き食べたもん。それにイカ焼きも」

菜穂は、おじさんがねたましいほどにうらやましくなって、少し口をとがらせた。

「なんだあー、菜穂ちゃんつぼ焼き食べたのか」

「そうだよ。あたし、あの肝《きも》が大好き」

「えっ、肝が好きなの。そりゃ通だね」

おじさんにほめられて、菜穂はにっこりした。

「さて菜穂ちゃん、そろそろ帰ろうか」

「はーい」

おじさんは持ち帰るスイカに近づくと、左のてのひらを広げてスイカの下に滑《すべ》りこませ、指でスイカを揺らすようにして器用に片手で持ち上げた。そして数歩歩くと、今度は右手を同じように使い、二つめのスイカも片手で軽く持ち上げた。

「おじさん、すごい」

おじさんの手際の良さに、菜穂は目を見張った。

「菜穂ちゃん、車のカギあいてるから、ドアを開けて」

「はーい」

菜穂はおじさんを追い抜いて車にかけより、運転席のドアを開けた。おじさんはいったん運転席に二つのスイカを置くと、トランクから空の段ボール箱を出してスイカを入れ、それを後ろの席に置いた。

「菜穂ちゃん、シートベルトしめたかい」

「うん」

「じゃあ、またしばらく揺れるから気をつけて」

そう言って、おじさんは車を動かした。


夕食は、カニから始まった。菜穂と環に一杯《ぱい》ずつカニを持たせると、おじさんがお手本を見せた。

「カニを裏側にして、これ、これ、ふんどしっていうんだけどな、まずこれをとる」

「ふんどし⁉」

環が奇声《きせい》をあげた。

「だって、本当にふんどしっていうんだぞ。エビでいえば、お腹の肉のあるところだけど、カニには肉がないから、とってしまうんじゃ」

菜穂も環もふんどしをはずした。

「二人ともいいようだな。そしたら口のあたりで甲羅《こうら》をはずす。甲羅の裏側にはたくさん味噌が入っているから、皿の端に大事に置いておく。いいかい？」

菜穂は手際よく甲羅をはずした。ところが環は力が足りないのか、四苦八苦した末、

「とうさん、やって」

とカニを手渡した。菜穂はもうえらをむしりとっていた。

「おっ、菜穂ちゃん、わかってるね」

「だって、これはガザミも毛ガニも同じだもん」

「おっ、これは菜穂ちゃんに一本とられたかな。じゃあ、次はカニの足を両手で持つようにして身を半分に割るんだけど、静かに力を入れないと、間にある味噌が飛び散るから気をつけて」

菜穂はなんとかカニの身を二つに割り、こぼれそうになった味噌にしゃぶりついてご満悦《まんえつ》だった。でも環は、少しめんどうくさくなってきたようでカニをとうさんに渡した。

「いいね。じゃあ、はさみのある隣の足をはずして、爪のある節をひねって静かに引っぱる。すると、ほーら、こうして細いカニの身がついてくるから、それはこうやってしゃぶってしまう。おうっ、これはなかなかいいカニだ」

菜穂は指先に神経を集中させ、カニの身を引き出し、それをしゃぶった。

「おいしい。このカニもおいしいよ、おじさん」

「そうだろ。カニはこの時期の名物だから」

おじさんは、カニの食べ方を教えるのが楽しいようだった。一方環は、とうさんにやってもらい、爪を受け取ってカニの身をしゃぶった。

「おいしい。いい味、いい味」

環がそう言うと、どこからともなく笑いが巻き起こった。

「さてここからが正念場だ。ハサミは使わないんだ。この爪がハサミ代わりになる。いいかい、カニの足を裏側にして殻が白っぽい方を上にするんだ。そしてこの爪を節の端の透明《とうめい》な部分にあてて、爪を下に動かすと、ほらどうだい、殻がきれいに裂《さ》けただろう。そしたら、こうやって、爪でカニの身をかきだして口に運ぶ。いい味だ。カニの身を甲羅の中に入れて味噌といっしょに食べても乙《おつ》なもんだ。ハサミがいらないのは、こういうこと」

おじさんはひと通りの説明が終わると、カニをかあさんに渡した。かあさんはおじさんの説明を思い出しながらおさらいをした。

「この爪、便利ね」

「そうだろ、カニなんてのは、そんなにおしゃれに食べたっておいしくないんだ」

「でもおじさん、この大きなはさみのある足のところはどうするの」

「さすが菜穂ちゃん、よく気がついた」

おじさんは、かあさんから大きなはさみのある足を受け取った。

「いいかい。こうやってはさみの片方をぐらぐらゆするんだ。ほら、それをこうして静かに引っぱると、こうしてはさみの中の身がでてくる。これがまた味が濃《こ》くてうまいんだ」

おじさんはそれをかあさんに渡した。

「それから残った方は歯で割るのさ」

おじさんは大きな口を開けて、残ったはさみの部分を歯で割る仕草をした。

「なーるほど。これじゃあハサミはいらないや」

菜穂がおどけてそう言うと、

「でも菜穂ちゃんは、ちいちゃなスプーンが必要だろ」

おじさんが菜穂の心の中を見抜いて、おばさんに言った。

「ばあさん、菜穂ちゃんはさっきから甲羅の中身に興味津々《しんしん》なんだ。ちいちゃなスプーンをもってきてあげな」

「おう、それは、それは。気がつかないでごめんね。今持ってくるすけ」

「和博、菜穂ちゃんはお前に勝るとも劣《おと》らない、なかなかの味覚の持ち主のようだ。たいしたもんだ」

おじさんにそう言われて、とうさんは静かにうなずいた。菜穂は何だか恥ずかしくなって急に顔を赤らめた。

「なーんだ菜穂ちゃん、おじさんはほめてるんだから。さっ、遠慮なく味噌をすくって」

菜穂はスプーンを受け取ると、甲羅の中の味噌をひとすくいして口に運んだ。

「おいしい。幸せー」

菜穂は立て続けに味噌を味わうと、むさぼるようにカニの身にとりついた。

「それじゃ、なにもないけどご飯にしようかね」

そう言うと、おばさんがお勝手から料理を運んできた。かあさんが手伝おうとして立ちあがると、

「なんも、お客さんは座ってればいい。おれがやるすけ」

おじさんが小皿や飯茶碗《めしぢゃわん》を持ってきた。菜穂は小皿に醤油を張ると、イカの刺身に手を伸ばした。

「うーん、コリコリして甘ーい」

それを見て、環も、とうさんもかあさんも続いた。負けじと菜穂はふたたび箸をのばした。

「やっぱ、甘ーい」

「菜穂、焼きイカも刺身も、新鮮でおいしいものは、ちゃんと甘みがあるんだ。おじさん、これスルメイカですか」

「さすが和博だ。口が肥えている。一発でイカの種類を当てておった。そうじゃ、スルメじゃ」

そこに菜穂がつっこみを入れた。

「とうさん、おじさんと同じこと言ってる」

「あれっ、おじさんなにか言ったかい」

「新鮮でおいしいものは、甘いって」

「おおっ、そうか、そうか。菜穂ちゃんにはかなわんなあ」

おじさんは腑《ふ》に落ちたように、大きくうなずいた。すると環が、徳じいが口に運んだ丸い輪っかのようなものを見つめ、ジェスチャーを交えて大声で徳じいに聞いた。

「それなーに?」

「はあ、これかよう。これは車麩《くるまふ》っていうんじゃ」

「車麩。それっておいしいの?」

おばさんが徳じいに助け船を出した。

「車麩は麩の仲間で……、そうだ、環君ちの方ではお吸い物なんかに入れると思うけど、ここら辺では野菜といっしょに煮こむんよ。徳じいの好物だすけ、よく作るんよ。よかったら環君もあがらっせ」

おばさんに言われて環が大皿から車麩をつかもうとしたものの、たっぷり汁を吸った車麩の表面がつるつるすべって大皿に落ち、汁がテーブルに飛び散った。

「すみません。箸の使い方が下手で」

見かねたかあさんが、車麩をつかんで環のご飯の上にのせた。それにかぶりついた環は、

「グニュ、グニュ、プルルンってしてて、おいしいよ」

と言ってはしゃいだ。

「グニュ、グニュ、プルルンか。環君うまいこと表現したな。和博、環もなかなかもな」

おじさんがそう言うと、とうさんは吹きだしそうなのを抑えて、静かにうなずいていた。

夕食が済《す》んで、おじさんがスイカを切り始めると、徳じいが奥から一枚の写真を持ってきて菜穂に渡した。

「これ、もしかして、あたし？」

菜穂がそうつぶやくと、とうさんとかあさんが写真をのぞきこんだ。

「ああ、これね。菜穂の首がすわってあたしがおぶい始めたら、ひいじいちゃんが、俺にもおぶわせろってきかなかったんだよ。それじゃあってんで、とうさんが写真とったのよ」

かあさんが、その写真を徳じいが持っているいきさつをさらに説明した。

「写真とった後にね、ひいじいちゃんが写真を焼き増ししてくれって言うの。弟、そう徳じいにね、送りたいって言ったの。本当に送ってたんだ」

そこにお盆一杯に切ったスイカをのせて運んできたおじさんが加わった。

「この写真送られてきたとき、徳じいは我《わ》がことのように喜んだよなあ、ばあさん」

柏崎のおばさんは、大きくうなずいた。

「名前は菜穂ってんだってってって、うれしそうに俺たちに教えたもの。熊《くま》じいと徳じいは仲良かったからな。何かあると、よく熊じいは、柏崎まで来たもんさ、なあ、ばあさん」

「うん、そうだよ。来るとふたりで遅くまで話してたもんさね。ふたりともたいして酒はのめないのに、その時ばかりはお酒の量もすすんだようだったすけ」

「熊じいって、あたしのひいじいちゃんのこと？」

「そっだよ。菜穂ちゃんは覚えてないんかな。この写真、どう見ても菜穂ちゃんは一歳になってないようだもの」

おばさんは、写真をまじまじと見た。

「そうなんです。まだ半年もたってないんです」

かあさんが言うと、

「それじゃあ、菜穂ちゃん覚えてなくても仕方ねえ」

おばさんも納得《なっとく》したようだった。

「ほれほれ、まずはスイカ食べて。おじさんが一生懸命《いっしょうけんめい》作ったんだから」

その言葉で、みんなスイカを手にした。

「甘《あめ》えー。おれこんな甘えスイカ食べたことないよ、とうさん」

環がスイカの甘さにびっくりして、大声を出した。

「そりゃよかった。これでまた本当の味に触れることができたんだから。砂地はスイカに向いてんだよね、おじさん」

「そうそう。今年は収穫の時期に雨がなかったから、甘いのができたようだ」

「なんたって、スイカの原産地はアフリカの乾燥《かんそう》地帯だからね。もともとスイカは雨が苦手なんだよ」

「ほうっ、またまた、和博が知識をひけらかしたぞ」

おじさんは、そう言って大声で笑った。そんなおじさんに、菜穂はスイカをひとかじりして、親指を立てた。おじさんも嬉しそうに、親指を立てた。そして菜穂が大声で徳じいに言った。

「ひいじいちゃんがいたから、あたしここにいられるんだよね」

「そうだとも、そうだとも」

徳じいは何度も何度も嬉しそうにうなずいた。おじさんもおばさんも、にこにこしながらうなずいた。お盆を前に、スイカを食べながらみんなでひいじいちゃんの思い出話をして、その夜は静かにふけていった。

寿司屋のカウンターで

「正夫さん、今日はどうもありがとう。わざわざ店を開けてくれて」

とうさんが、正夫おじさんにお礼を言った。

「やあ、そんな心配はいらないよ、にいさん。今年はお盆にかみさんの実家に行くことになってて、かみさんと息子たちは、おととい出かけたんだ」

「正夫、いっしょに行かなくていいの」

かあさんが少し心配げに、正夫おじさんに話しかけた。

「なんてことないよ、姉貴《あねき》。尾道《おのみち》のじいちゃん、ばあちゃんは孫が来ればご機嫌《きげん》だし、かみさんがその分ゆっくりできるよ。尾道には、かみさんの同級生が何人か残ってるようだし、久々に会って、長話ができるんじゃないか」

と正夫おじさんはかあさんの心配には及《およ》ばないことを伝えた。

「尾道はいいとこだよ。魚はおいしいし」

とうさんがうらやましそうに言った。

「にいさん、行ったことあるんだ」

「ああ、学生のときにね。ゆでたシャコがおいしかったね。サヨリやサワラの刺身も、初めて食べた」

「ほんと、いつも思うんだけど、にいさんの食通には、寿司職人の立場が危険にさらされることもあるからな」

「食通なんて、おこがましい。単なる食いしん坊《ぼう》だよ」

「いや、その食いしん坊であることが大事なんだよ。素材本来の味を知ってるってことが」

そう言って、正夫おじさんは軽く笑い、その笑いがおさまらないうちに、かあさんが聞いた。

「正夫はいつ行くの、尾道へ」

「明日。今日は菜穂の十一歳の誕生日を祝って、明日の午後の新幹線で。だから菜穂、環、今日はケースの中のネタを空にしていいからな」

「やったー、正夫おじちゃん、大好き！」

「やったね、姉ちゃん」

菜穂も環も、小躍《こおど》りして喜んだ。

「あたし、イカ」

「おれは、トロ」

菜穂も環もここでは遠慮がない。正夫おじさんは、ケースからネタを取り出すと、素早く握《にぎ》って二人の前に出した。

「お次は、なに？」

トロをあっという間に口に放りこんでしまった環が、

「おれ、サーモン」

と言ったときには、菜穂は二貫目《にかんめ》のイカを口に運んだばかりだった。

「姉貴、ちょっと悪いけど、冷蔵庫からビール出してにいさんとやっててくれないか。

ふたりに食べさせてから刺身を盛《も》りつけるから」

かあさんはうなずくと、冷蔵庫へと歩きだした。

「はい、サーモン、お待ち。菜穂は？」

「あたし、スズキ」

「あいよ、スズキね」

スズキを握ると、ふたりがケースのネタをながめている間に、正夫おじさんはふたり分のお茶を淹《い》れた。

「はい、アガリね。熱いから気をつけて」

そう言って、環と菜穂に手渡した。

「環、次は？」

「おれ、ネギトロに納豆巻。それに鉄火巻」

おじさんは握りながら、菜穂に聞いた。

「あたし、次はヒカリモノがいいな」

「今日は、コハダにアジにシメサバ」

「じゃあ、その順番で」

「あいよ。はい、環に手渡しした。

おじさんは、ネギトロ」

一通り握り終えて、ふたりの前に寿司が並んでいるのを確かめてから、おじさんは盛り合わせを作って、とうさんとかあさんの前に置いた。

「お待たせ。それにしてもふたりとも食がいいね」

おじさんは一休みといった感じでグラスを手にした。そこにすかさずかあさんがビールをついだ。

「今日は、どうもありがとう。ふたりとも喜んでるわ」

「いやー、さっきも言った通り、ネタが悪くならないうちに、みんな食べてくれた方がこっちだって有り難《がた》いんだから、気にしない、気にしない」

そう言って、おじさんはビールを飲み干すとタバコに火をつけた。

「このカツオ、あぶらのってんねえ」

とうさんが正夫おじさんに話しかけた。

「だろ？　もうすぐ戻りに入っちゃうから、今が一番かもね」

カツオと聞いて、環と菜穂がふり向いた。

「カツオ、いいなあ」

環がポツリと言った。

「わかった、わかった。菜穂はどうする？」

「あたしも」

おじさんは吸いかけのタバコをもみ消すと、手を洗って握り始めた。かあさんはあわてふためくおじさんがおもしろかったようで、くすくす笑いながらホタテをつまみ、ビールを少し流し込《こ》んだ。

「ついでに聞いとくけど、ほかに食べたいものは？」

「おれは、ホタテにトリガイ」

「あたしは、ホッキにアカガイ」

菜穂がアカガイと言ったのを聞いて、とうさんの目がキラッと光った。

「よしわかった。少々お待ちを」

矢継《やつ》ぎ早《ばや》にホタテ、トリガイ、ホッキと握り、アカガイの下処理《したしょり》をして、菜穂の前に出すと、

「あたし、このヒモの部分が特に好きなの。エンガワみたいで」

そう言って、菜穂はにこにこした。

菜穂がエンガワと言ったのを聞いて、とうさんの目が再び光った。それに気がついたかあさんが、仕方ないでしょとでも言いたげに、とうさんの膝《ひざ》を軽くたたいた。

「エンガワか。エンガワはあるけど、二貫ずつはないな。一貫ずつでいいかい」

菜穂と環は顔を見合わせて納得した。

追加の握りを並べて戻ってきたおじさんが、

「どっちに似たのかねえ」

ととうさんとかあさんを冷やかすかのようにポツリと言った。

「とうさんなんか、ずっと聞き耳立ててたのよ」

かあさんはとうさんの秘密を明かすかのように、おじさんに話した。

「そうだよな。本当に好きなんだよ。アカガイをどんなに洗っても生臭《なまぐさ》さは残るしね。

またそれが独特の香りでもあるんだけど。菜穂はそれがわかってるみたいだ。まだ小学五年生なのに」

「そうだろ。菜穂はわかってんのさ。しかもヒモが好きときた。これは先が思いやられるかも」

そう言ってとうさんは苦笑いをした。

「そうだね。エンガワは最近たくさん輸入されてるから、回転寿司で食べる子どもも多いようだけど。おれは自分でカレイをさばいたものしか使わないから。それにしても菜穂の歳でアカガイを頼《たの》む客はほとんどいないよ」

ほれみたことかと言わんばかりに、とうさんがかあさんを見た。

「あのね、正夫。家でもさ、とうさんとばあちゃんがぶつかったことがあるの。去年だったっけ、とうさん」

とうさんは小さくうなずいて、一口ビールを飲んだ。

「そりゃあ、正夫さん、気になるよ。ばあちゃんは菜穂の好きにさせろって言うけど、菜穂はちっちゃなときからサンマを焼けば内臓ばかり食べてるし、豚骨《とんこつ》ギトギトのラーメンが大好き。フライドチキンの骨を割って骨髄は吸うし、海水浴に連れてけば、泳ぐのも忘れて、石で殻をたたいて岩ガキ食べてるし」

「へえ、石でたたいてカキ食べるなんざあ、たいしたもんだ」

「感心してる場合じゃないよ、正夫さん。菜穂が人前でそんなもんばっかり口にするんじゃないかって心配でしょうがないよ」

そこまで聞いて、おじさんは二本目のタバコに火をつけた。

「おれは別にばあちゃんの肩をもつわけじゃないけど、曲がりなりにも江戸前《えどまえ》の職人として食べ物に関わる身からすると、菜穂の味覚にはシャッポをぬぐことがあるよ。菜穂はすげえ」

「そんな言い方されても、言葉の返しようがないよ、正夫さん」

とうさんは、半分かきくもった表情で言った。

「いやね。おれは菜穂がみんなのいる前で、さっきにいさんが言ったようなことをするとは思わないよ。たとえばだ。給食にだってサンマは出るよ。冷凍物《れいとうもの》だけど、その手のサンマの内臓は、おそらく菜穂は食べないよ。最近は冷凍技術が発達してるから、もどせば刺身で食べられるサンマだって出回ってるのさ。そのサンマを塩焼きにでもしたら、菜穂は内臓を食べるよ。まあここら辺なら、サンマの丸干しが出ることはないし」

「どういうことだい、それは。もっと端的に言ってくれないかな」

かあさんはふたりの話に入らずに、かたわらで静かに聞いていた。

「つまりね、菜穂はそれぞれの素材の持つうまみがわかるんだよ。おそらく。その感性に、職人たる俺がギクッとすることもあるってことさ。たとえば豚骨ラーメンにしろ、フライドチキンにしろ、いわゆる骨髄だよ。でもね、にいさん、人間の祖先が森を後にしたばかりでまだ肉食動物に追い回されていた頃には、人間は肉食動物が食べ残した骨を石で割って、あたりを気にしながらおそるおそる骨髄を食べていたんだよ。命をつなぐために。それが日本の国民食とも言われるラーメンのスープに使われているのさ。今だって、肉食動物は草食動物をつかまえると、内臓から食べるよ。それはね、不足しがちなミネラルを補給《ほきゅう》するためでもあるんだ。魚の骨だって同じじゃない。三枚《さんまい》におろした魚の骨や頭を使ってだしをとって、コンブとカツオで風味を調《ととの》えるような知恵は、日本料理ではよく使われるよ。それだけじゃない。かつて内陸では、イワナ、ヤマメ、ウグイなどを焼き干しにしてだしをとっていたんだ。なにも目新しいものじゃないよ。それからさらに時代が下って、狩猟《しゅりょう》採集の生活に入ってからは、貝類は重要なタンパク源《げん》になったはずだよ。岩ガキだって例外じゃない。つまりそんな昔から人間が食べ続けてきている食材を、菜穂が口にしてなにがおかしいの」

「ほう、なるほど。正夫さんはいろいろ知ってるんだね。目からウロコだよ」

「雑学だよ、にいさん。おれは姉貴みたいに勉強なら何でもできるってわけじゃないから」

「正夫は、歴史は好きだったんじゃないの」

「まあね。それと数学はだめだったけど、計算だけは好きだったね。なんといってもカウンターの前のお客さんを飽きさせちゃあいけないから、修業時代からそれなりに勉強はしたよ。俺だって」

「ばあちゃんと言い合ってると、どうも感情的になっちゃうからもうひとつ納得がいかなかったけど、正夫さんみたいに言われると、俺のものの見方が偏《かたよ》っていたのかもしれないよ。いやー、やっと頭の中がすっきりした」

「にいさんがそう考えてくれれば、俺も嬉しいよ」

とうさんはグラスに残ったビールを一気に飲み干した。かあさんは、見直したような表情でおじさんを見た。おじさんは子どもたちの方に目をやった。

「菜穂、環、まだ食べられるか」

「もちろんよ。おじさん」

「まだまだ、いけるよ」

「なんだ、お前たち、底なしだなあ。ではサプライズにするかな」

「えっ、サプライズがあるの。嬉しい」

菜穂は満面の笑みを浮かべた。

「環、今日は菜穂の誕生会でもあるんだから、当然菜穂の好きなものばかりだ。なにが出されても文句言うなよ」

「うん、わかったよ」

おじさんはバットに並んだアユに竹串《たけぐし》をさし、遠火で焼き始めた。

「アユの塩焼きだー。やったー」

菜穂は喜びをかくしきれずに、その場に立ちあがった。

「菜穂、これはちょっと時間がかかるから、先に裏メニューにいくよ。いいかい？」

「いいよ。でも裏メニューってなんだろう」

「おそらく菜穂は初めてだよ。にいさんたち、いい赤ワインがあるけど、どう？」

「いいね。お願いするよ」

久しぶりに赤ら顔のとうさんが返事をするとかあさんもうなずいた。おじさんは奥の冷蔵庫から、ひょうたん型の黄色みがかった物体を持ってきた。とうさんはそれを見るなり、

「カチョカバロかい、それは」

「正真正銘《しょうしんしょうめい》のカチョカバロだよ」

「それにしてもでかいね。ふつうの十倍くらいあるんじゃないの」

「いやいや、今まで出回っていたのが小さすぎたのさ。ようやくヨーロッパと同じくらいのが作られるようになったんだ。日本でも」

「そうだな。焼きカチョカバロにするなら、それくらい大きい方がいいね」

「さすが、にいさんだ。知ってたかい」

「ああ、北海道へ出張したときに、ごちそうになったことがあってね」

「これは、興部《おこっぺ》で作ってるのさ」

「へー、興部ね。オホーツク海に面した酪農《らくのう》の町だ」

そこまでとうさんとおじさんだけで話をしていて、ほかの三人は、カチョカバロがなんなのかわからず、話に入れないでいた。

「とうさん、カチョカバロってなに」

もう我慢できないといった感じで、菜穂が尋《たず》ねた。

「あのな、カチョカバロってのは、チーズだよ。そのひょうたん型の丸い部分を五ミリ前後にスライスして焼くと、これが赤ワインのつまみに最高さ。あっ、それでさっき赤ワインにしようって誘《さそ》ったわけだ」

「ご名答。まずは、赤ワインのアテを作ってから、菜穂たちにも何か作ってあげるから、少し待ってろよ」

「うん、わかった。でもどうやって焼くのか見ていい？」

「ああ、いいとも」

菜穂と環はその場に立ちあがり、ネタケース越しにフライパンを見た。

「テフロン加工のものを使うことだね。熱の加減が簡単《かんたん》だし、くっつかないから、すぐ取り出せる」

おじさんは、輪切りにしたチーズをフライパンの真ん中に置くと弱火で熱し始めた。

「あれ、油しかなくていいの、おじさん」

菜穂が不思議そうに聞いた。

「チーズの中からしみ出してくるからいらない。どんな香りがするか嗅《か》ぎ分けてごらん。菜穂」

ジューッ、ジューッとチーズが焼ける音がして、わずかに溶《と》け出したチーズがきつね色に焦《こ》げた。

「バターの焦げる香りがするよ。おじさん」

「その通り。だから油はいらないのさ」

おじさんがチーズをひっくり返すと、上になった面はほどよくお焦げ状態になっていた。そしてお焦げに閉《と》じこめられ、溶けたチーズが波打った。

「わー、チーズが呼吸してるみたい」

「おー、これでよし。菜穂、火からはずすタイミングわかったな」

「もちろん、盗《ぬす》ませていただきましたよ」

菜穂がまじめに答えると、おじさんは笑いながら焼きカチョカバロを皿に盛ってとうさんとかあさんの前に置いた。

「さあさ、熱いうちに」

とうさんもかあさんも、とろとろのチーズのステーキ状態の焼きカチョカバロをちぎって口に運び、チーズの香りが鼻に抜ける頃に、ひと口ワインを口に含《ふく》んだ。

「うん、チーズの塩加減がちょうどいい」

「ほんとね。確かに赤ワインに合うわ」

とうさんもかあさんもご満悦だった。

「じゃあ、今度は菜穂たちの番だ」

おじさんはブドウ食パンを二枚、トースターに入れた。あとは同じようにカチョカバロを焼いて、ブドウ食パンでサンドにした。それを包丁で半分にして、菜穂と環に渡した。

「おじさん、パンにバターぬらなかったようだけど」

「食べてみればわかる。チーズがまだ熱いから、おちょぼ口でちょぼちょぼとね」

「もう、おじさんの意地悪。あたし、そんなに大口開けないよ」

菜穂がパンを口元に運ぶと、バターの香りが漂《ただよ》った。ひと口ほおばると、パンはまるでバターをぬったような舌触りだった。

「ほんと、バターいらないや。それに香《こう》ばしいチーズの塩分と干しぶどうの甘みとで、ベストマッチだよ」

「菜穂には、ほんとに参るね。環はどうだ」

「うん、これ、おいしいよ」

おじさんは、自分の作ったものが子どもに受ける味であったことに満足して、小さくうなずいた。すると食べかけのパンを手にした菜穂が、

「おじさん、カチョカバロはお寿司にならないの」

と聞いた。

「えっ、カチョカバロを寿司にか」

度肝を抜くような菜穂の問いかけに、おじさんは腕を組んでしばし考えた。そして何かがひらめくと、ふつうの食パンを一枚トースターに入れた。その手でカチョカバロを焼き、焼けた食パンを四等分し、そこに四等分した焼きカチョカバロをのせ、その上にフルーツトマトを適当な大きさにカットしてのせた。それをカウンターの四人にひとつずつ渡した。

「菜穂、これが答えだよ。食べてごらん」

「ご飯じゃないね」

「いっぺんに菜穂の問題を解決するのは難しい。酢《す》も変えなきゃならないし」

「正夫さん、カナッペだね。これ」

「そう、カナッペ。にいさんも率直な感想を聞かせてください」

「わかった。じゃあ、いただくよ」

「どう？」

「うん、フルーツトマトの甘みとまろやかな酸味がカチョカバロの香ばしさと塩味に合うみたい。おいしいカナッペだと思うよ」

「そう。それなら寿司になるかもね」

とうさんとおじさんのやりとりに気を奪《うば》われていた残りの三人が、ようやくカナッペを食べた。

「うまいよ。これ」

「おいしいよ。おじさん」

「トマトとチーズのバランスいいよ。正夫」

「ただ、ご飯を使うとなると、梨酢《なしず》みたいなやわらかな酢か、うれすぎたようなメロンの果汁をしぼって酢飯を作ればうまくいくかもしれないな」

「おじさん、メロンの果汁が寿司に使えるの」

思いもよらない発想を耳にして、菜穂は甲高《かんだか》い声をあげた。

「ああ、なるとも。果肉が柔らかくなって、食べる気がしないようなメロンでいいんだ。そのまま食べるんじゃないんだから。シメサバの握りなんてわりと合うよ」

「かあさん、やってみようよ。八百屋さんで売れ残って安売りされてるのがたまにあるじゃない。あれを買ってくればいいんじゃないの」

かあさんは、正夫おじさんを見た。

「そうだ、菜穂。それで十分だ」

「ね、かあさん、家でやってみようよ」

「そうね、後はとうさんがシメサバを作ってくれれば」

かあさんは、横目でとうさんを見た。

とうさんは赤ら顔をしながら、わかったわかったとでも言いたげに、何度も何度もうなずいた。

「さて、今日の裏メニューはここまでだ」

「うん、カチョカバロ覚えたよ、おじさん」

菜穂は新しい味覚に少し興奮気味だった。

「アユが焼けたよ。ほら、菜穂。はい、環」

おじさんは、竹串のままふたりにアユを手渡した。菜穂は竹串を器用にはずし、まずアユの香りをかいだ。

「うーん、この香り。キュウリのようなスイカのようなな。最高！」

そう言うと、菜穂は頭からアユにかぶりついた。アユをかみ締《し》めながら、菜穂はこの上ないという表情を浮かべた。環は、竹串を持ったままアユの背をほおばった。それを見ながらとうさんとかあさんが頭からアユにかぶりつくと、

「酒か焼酎《しょうちゅう》にしようか」

とおじさんが声をかけた。

「いや、たくさんいただいたから、またにしよう」

とうさんの赤ら顔が、もう十分であることを物語っていた。菜穂がしっぽまで食べきって、鼻にぬけるアユの香りを楽しんでいると、やおらおじさんは軍艦《ぐんかん》巻《ま》きを作り始めた。

「はい、お待ち。サプライズ、その二だ。こっちの黄色いのがキタムラサキウニ、こっちのオレンジがかってるのがエゾバフンウニだ。黄色いのから先にいってごらん」

菜穂は、キタムラサキウニの軍艦巻きを一口でほおばった。ウニの甘みと磯の香りが口中いっぱいに広がった。

「甘ーい」

菜穂が満面の笑みを浮かべたので、おじさんは満足げに言葉を続けた。

「そっちの方がもっと甘いと思うけど、ためしてみな、菜穂」

「はーい。ではいただきます」

菜穂はエゾバフンウニの軍艦巻きも一口でほおばった。おじさんが、どう？　という表情をした。

「ほんと、こっちの方がねっとりして甘みが強い」

「そうだろ。今日はこれを菜穂に教えたかったのさ」

「ありがとう、おじさん」

菜穂はまだ口の中に食べ物が残った状態で、口をもごもごさせながらお礼を言った。

「菜穂、尾道の方に行くとな、アカウニってえのがあって、これらとはまた違《ちが》った味わいがあるよ。瀬戸内《せとうち》一帯で食べられているからここら辺には出回らないけど。大きくなったら行ってみるといい」

「アカウニかー。どんな味すんだろー。いつか行って、絶対食べるよ、おじさん」

おじさんは、目を輝かせている菜穂をほほえましく見返した。

「ところで環はウニ食べるか」

おじさんが尋ねると、

「おれ、ウニは苦手だからいい」

と環はそっけなく断った。

「にいさんと姉貴は」

おじさんが、とうさんとかあさんに尋ねると、とうさんは味を知ってるよとでも言いたげに、軽く手を振った。かあさんはふたつのウニの味の違いを楽しんで、喜んでいた。

「それじゃあ、ラストサプライズといくか」

おじさんは生け簀《す》代わりの水槽《すいそう》に手を突っ込むと、ガラスにはりついていたアワビを取りだした。食べる前から、四人とも目が点になっていた。おじさんはアワビの殻を容易にはずし、肝を別にして、アワビ本体をスライスして握り始めた。目の前にアワビの握りが置かれると、四人とも嬉しそうにそれを口に運んで、アワビの歯ごたえと磯の香りを楽しんで、それぞれがおいしいと言い出さんばかりに顔を見合わせた。するといいと間髪《かんぱつ》を容《い》れずに、軍艦巻き二貫が菜穂の前に置かれた。

「これがラストのラスト。アワビの肝だ」

ふつうの軍艦巻きのしゃりの上に、深緑色に輝くアワビの肝がのせられていた。とうさんは、なかなかやってくれるねとでも言いたげに、おじさんを見た。おじさんは、これでいいんだろうと、とうさんの思いを受けとめてうなずいてみせた。

「肝はこれしかないから、三人には申し訳ないけど、菜穂の誕生会だから、今日は。さあ、菜穂、一口でいってみろ」

菜穂は、一貫手にとって鼻を近づけてみた。するとベリーのようなマンゴーのような香りが静かに漂っていた。それを一口でほおばると、濃厚《のうこう》なチーズのようでもあり、ほのかな甘みと磯の香りが口の中でみごとなハーモニーを奏《かな》でた。

「甘ーい。これ、最高ー」

それを聞いて、おじさんはとうさんと目を合わせ、ふたりして静かにうなった。

「新鮮なものはなんでも甘いってえのを実感したなっていう気持ちだよ。おじさん、ありがとう」

「そりゃそうだ。水槽から出したばかりだからな。でも菜穂がそんなに喜んでくれるなら、この上ないことさ」

そう言って、おじさんはにこにこしていた。菜穂はもう一貫をさらに神経を集中させて味わった。

「おじさん、今日はほんとうにありがとう。ごちそうさまでした」

菜穂が深々と頭を下げると、

「あれ、菜穂はアナゴでしめるんじゃないの」

と言った。

「いつもはそうだけど、今日はよしておく。アナゴはアナゴでおいしいけど、この肝の香りをもう少し残しておきたいから」

菜穂の言葉に、おじさんはそれ以上なにも言わなかった。

「にいさん、残るはホヤだよ」

突然おじさんが、とうさんに言葉をなげかけた。

「ホヤねー。そうかもしれないな」

かあさんも、菜穂も環も、いったい何のことだろうかと話の成り行きを見守っていた。

「ホヤばかりは、現地に行った方がいいよ。行けば間違いなく大きな岩ガキもあるし」

「そうだな。ホヤの酢の物で試して、食べられたら刺身か。岩ガキも蒸《む》しガキならまた違った味わいがあるし」

「そうだよ、にいさん。菜穂は来年もう六年生だし、中学行ったら菜穂が忙しくて都合がつかないってこともあるよ。それに環はもうすぐサッカーの練習が始まるし。でも、四年生のうちならまだなんとかなるだろう」

「三陸だな」

「そう、三陸だよ。にいさん」

ふたりの会話はそこで終わった。なんとなく来年の夏に、三陸へ行けるんじゃないかという期待がふくらんで店を出ようとすると、

「おいおい、忘《わす》れちゃだめだよ。ばあちゃんのおみやげ。いつものイカとタコとマグロの赤身。それにこれはクロのおみやげ」

そう言って、おじさんは小さな折とマグロのあらが入ったビニル袋を菜穂に手渡してくれた。

松島海岸へ、そして……

新幹線を浦佐《うらさ》で降り、上越線に乗り換《か》えて小出《こいで》に到着した。出発したときには汗が噴《ふ》き出るほど暑かったのに、ここまで来ると空気がひんやりするのを感じた。とうさんによると、小出から只見《ただみ》線で会津若松まで行って、その先の郡山《こおりやま》で宿をとるとのことだった。これがとうさんの旅のスタイルのようだから、菜穂や環は、それに従うほかはなかった。

小出を出ると、辺りにはまだ緑色の稲穂《いなほ》がなびいていた。

「とうさん、もう稲穂がでてるよ」

菜穂は、自分ちの田んぼとようすが違うので聞いてみた。

「ああ、ここら辺は田植えが早いから実りも早いのさ。雪が降る前にすべての仕事を終えなければならないから、確か五月の連休頃には田植えをするんだ」

「へー、うちより一カ月半も早いんだ」

「そうだな。それがここら辺の農家の生活だから」

菜穂は、まだ花の咲かない、出たばかりの穂が静かに風になびくようすを車窓からながめていた。

「それにな、菜穂、ここら辺の米もコシヒカリだろうけど、柏崎のおじさんちのより、さらにおいしいかもしれないよ」

「えっ、あのお米よりおいしいお米があるの？」

「おいしいかどうかは、食べる人の好みがあるからなんとも言えないけど、とにかく寒暖《かんだん》の差が大きいからねえ、ここら辺は。こういうところで、本当においしい米がとれるんだ」

「寒暖の差って、どういうこと？　とうさん」

「一年のうちで、夏と冬の温度差が大きかったり、一日のうちでも、朝夕は寒いくらいに涼しいけど、日中は仕事にならないほど暑いってことさ」

「ここら辺の冬は寒いの？」

「寒いよ。一面の雪だ。秋の終わりから春先までは雪におおわれて農作業ができないから、土に栄養分が蓄《たくわ》えられていて、おいしくなるのかもしれないよ」

「そうなんだ。うちみたいに麦は作らないんだ」

「作らないんじゃなくて、作れないんだ。雪で」

「とうさんは、冬ここら辺に来たことあるの」

「あるよ。学生の頃にね。この只見線は何度も乗ったし、これから通るところは、日本でもっとも雪深いところでもあるんだ。とうさんが行ったときでも、一メートル以上あったけど、それでも地元の人は、これでも少ない方だって言ってたよ。真冬には道なんかツルツルに凍《こお》ってたし、車に乗ると、すべって車が尻をふるんだ。それでも地元の人は平気で車を運転してたなあ。まるで北海道の冬みたいだった」

「とうさん、北海道に行ったことがあるの？」

「あるよ、何度も。大学の先輩《せんぱい》や友だちがいたからね。菜穂も学生になったら、いろんなところへ行ってみるといいよ。そこでその土地のものを味わってみるのはいいことだ」

「うん。菜穂は最初、瀬戸内に行く」

「どうして?」

「アカウニだよ、とうさん。それにどんぶり一杯のシャコ。それにサヨリやサワラの刺身」

「こいつ、しっかり覚えてるよ、かあさん」

それを聞いて、かあさんは静かに笑った。

「食いしん坊か。悪くないね、この響《ひび》き」

ひとりごとのように言った菜穂の言葉がボックス内を笑いの渦《うず》に巻き込んで、みんなゲラゲラ笑った。

「おれ、お腹空いちゃったよ。とうさん」

環が力なく言った。

「それは、生きてる証拠《しょうこ》だ」

とうさんがそう言うと、

「茶化さないでよ」

と環は真顔でふくれてみせた。

「ごめん、ごめん。あと二時間ほどがまんしろ。会津柳津《あいづやないづ》で途中《とちゅう》下車してソバでも食べよう」

「えっ、本当だね？　とうさん」

とうさんはにこやかに、ゆっくりうなずいた。

しばらくすると進行方向右手に、川とは思えない水面が広がった。

「とうさん、湖みたい」

菜穂は驚いて目を見張った。

「湖といえば湖だけど、人工の湖だ。近くに奥只見ダムがあって、川の水をせき止めてるんだ。そろそろ只見か。環、あと一時間だ。がまんしろよ」

「ああ、なんとかね」

環はそうとうお腹が空いたようで、気のない返事をした。

只見川を眼下に、会津柳津でソバをすすった。外はかんかん照りなのに、ひさしのうちに入るとヒンヤリするほど涼しい。屋根がわらぶきのせいだと、とうさんが教えてくれた。そこでとうさんと環は大盛りソバ、菜穂はとろろソバ、かあさんは山菜ソバを頼んだ。麺《めん》は太めで、田舎《いなか》ソバっていう感じだったけど、ソバの香りが強くてみんな満足した。急いで駅に戻ると、ちょうど後発の快速列車がホームに滑りこんできた。ボックス席の窓を開けると、吹きぬける風が心地よかった。そのまま食休みをかねて、みんなうとうとしたようだった。


菜穂が気づいたときには、列車はすでに西若松を出発していた。もちろんとうさんは起きていた。菜穂が目覚めたのに気づいたとうさんは、

「只見線、どうだった」

と穏《おだ》やかに聞いた。

「そうねー、とにかく長かった。乗ってる時間が。お尻が痛くなっちゃった」

菜穂はありのままの気持ちをとうさんに伝えた。

「でもこんなゆっくりの列車に乗ったことないから、よかったのかも」

そう言って菜穂は静かに微笑《ほほえ》んだ。

「そうだな。只見線は全部乗ると四時間かかるからな。でもな、菜穂がもう少し大きくなってからまた乗ってみると、違った感じを持つかもしれないよ。それが只見線なんだ」

「へー、そうなんだ。しっかり覚えておくよ、只見線のこと。だって今回はとろろソバしか食べてないもの」

「ここにだって、もっと美味《おい》しいものがたくさんあるにちがいないって、菜穂は思ってるんだろ?」

「当然じゃない」

菜穂の自信ありげな言葉を聞いたとうさんは、

「いやはや、菜穂にはかなわないよ」

そう言って大声で笑いころげた。つられて、菜穂も大声で笑った。その笑い声でかあさんが目を覚ました。

「今どこ?」

かあさんは静かにとうさんに尋ねた。

「西若松を出たところだよ」

ととうさんが言葉を返した。

「あら、もうすぐ会津若松じゃないの。菜穂、環を起こして」

かあさんに言われて、菜穂が環の肩をくり返しゆすってもお腹をくすぐっても、環は目を覚まさなかった。仕方なく菜穂が環の鼻をつまんで数秒すると、おもむろに目を見開いた環が、菜穂に向かっていこうとした。それを見て取ったとうさんが、環の身体を押さえ込んだ。

「環、もう乗り換えだ。起きろ」

とうさんにたしなめられると、我に返ったように環は何度か目をこすった。

そのまま四人は会津若松で磐越《ばんえつ》西線に乗り換え、郡山に向かった。進行方向左手に、山頂《さんちょう》が大きく欠けた山が見えてきた。

「とうさん、あの山、上の方がないよ」

環は、いつも見慣れた形からかけ離れていることにびっくりしたようだった。

「あれは、磐梯山《ばんだいさん》という山だ。昔大きな噴火《ふんか》が起こって、上の方がふっとんじゃったんだ」

「へー、あんなに山の形が変わっちゃうなんて」

環は両手で山すそを延長《えんちょう》して、欠けた山頂部分を想像していた。

「その噴火は、そんなに古いもんじゃないんだぞ。せいぜい百年ちょっと前かな」

「それなら、ここら辺にもたくさんの人々が生活していただろうから、大変だったわよね」

かあさんは、噴火が時代的に新しいことに驚いていた。

「そうだろうよ。その噴火で何本かの川や沢《さわ》がせき止められて五色沼《ごしきぬま》が出来たんだ」

「五色沼？　それ、どんな色してんの？」

「赤かったり、青白かったり。中には、見る場所によって色が変わる沼もあるよ」

「へー、行ってみたいな」

「今回は行けないけど、よく覚えておいて、大きくなったら行ってみればいい」

「うん」

環は、異様《いよう》なまでに姿を変えた山を見上げ、まだ見ぬ五色沼に夢をはせているようだった。

磐梯山が列車の後方にしりぞいた頃、今度は菜穂が新たな景色に驚きの声をあげた。

「あれー、もう海なの？　それともこれ、湖？」

通路をはさんだ、進行方向右側の窓越しに水面が風にゆれていた。

「あれは猪苗代湖《いなわしろこ》っていう湖だ。これも古い時代の磐梯山の噴火とかかわりがあるのさ」

「みんな磐梯山だね、とうさん」

菜穂は車窓をふり返って磐梯山を見た。

「そうさ。ここら辺は長い間磐梯山の影響《えいきょう》を受けてきているんだ。それにな、猪苗代湖の水を利用して、安積疏水《あさかそすい》ってえのが造られて、今まで稲が作れなかったところが、稲を作れるようになったのさ」

「それってすごいね、とうさん」

「そうだな。ろくに機械もない時代に山肌《やまはだ》にトンネル掘《ほ》って水路を造っちゃったんだからな。それもあって、福島県も日本有数の米どころだよ」

「へー。それはそうと、とうさん、あの砂浜みたいなところで泳げるんじゃないの?」

「泳げるさ。海水浴場じゃなくて、湖水浴場ってのがあるくらいだから。確か志田浜《しだはま》辺りにあったと思うよ。でも今回は泳げないよ、菜穂」

「わかってるって」

菜穂の関心は、好きな水泳より未知のホヤなる食材に向けられていた。

翌朝《よくあさ》はゆっくり起きて、郡山から仙台《せんだい》へ。そこから仙石線《せんせき》で松島海岸に向かった。松島海岸駅で降り、海岸づたいに走る道路わきを歩いていくと、左手に大きなお寺があった。そこを通り過ぎると港が見えてきた。海をながめると波間にいくつもの小島が浮かんでいる。その景色を間近に見られる土産物店の二階が食堂になっていた。まだお昼には少し時間があったから、お客は少なかった。その広間の海がのぞめる奥まったテーブルに、思い思いに座った。

「あたしは、ホヤだよ」

「おれは、カキ」

「よし、わかった。両方とも食べるから、とうさんに任せろ。いいな」

菜穂と環は納得してうなずいた。

「じゃあ、ホヤからいくけど、ちょっと心配だから酢の物からいってみよう。それがおいしく食べられたら、生で」

小鉢《こばち》がふたつ運ばれてきた。菜穂はオレンジ色したホヤの身を箸でつまむと匂いをかいでみた。甘酸っぱい酢の香りの後に、フルーティーな香りがした。

「これが海のパイナップルなんだ」

そう言うと、菜穂はなんの迷いもなくホヤを口に入れた。

「甘ーい。あたしこの食感好き」

菜穂は次々に小鉢に箸をのばした。一方環はホヤをかみ始めると目を白黒させた。

「おれ、ちょっとだめみたいだ。とうさん」

なんとか一切れをのみこんでから、環の箸は止まった。かあさんは、おいしそうに酢の物を味わっていた。

「よし、わかった。環はちょっと待ってろ。生は無理なようだから」

環はなにも言わずに、小さくこっくりした。ホヤの刺身が運ばれてくると、菜穂の瞳はランランと輝いた。

「すごいよ、とうさん。座ってるだけで香りが押し寄せてくる。この甘い香りは、まさしくパイナップル。いただきまーす」

ホヤの刺身を口にした菜穂の表情は、喜びのあまりゆるみにゆるんでいた。

「よかったね、菜穂。そんなにホヤがおいしいんじゃ」

かあさんは、菜穂の喜ぶ姿がうれしくて、すかさず声をかけてからホヤの刺身を食べた。

「うん、これ、なかなかいけるじゃない。潮の香りもきつすぎないし」

とうさんはほっとしたように、久々の香りと食味を楽しんだ。環はひとり、三人がホヤの刺身を食べきるのを静かに見守っていた。

「よし、環、岩ガキにいくぞ」

「やったね、とうさん」

「まずは生だぞ」

とうさんは大ぶりの岩ガキを四個注文した。運ばれてきた岩ガキは、どれもこれまでに見たことがないような大きさだった。

「こりゃあ、どうみても六、七年ものだな。菜穂、一口でいけるかい?」

「海のミルクでしょ。一滴《いってき》もこぼさないよ」

だれもが大口を開け、一気にほおばった。岩ガキは磯の香りとクリーミーなカキのうまみを口中にいきわたらせた。

「よし、次はあぶりだ」

「とうさん、あぶりって?」

環がようすがのみこめずに聞いた。

「ほら、マグロのトロだってあぶることあるだろ、環」

「あっ、そうか」

今度運ばれてきた岩ガキは、さっきのより少し小振りだったけど、カキの表面は香ばしく、中身はとろとろで、生とはちがった味わいだった。

「じゃあ、しめは蒸しガキだ。一人につき二個だ」

蒸しガキは、さらに小振りだったけど、うまみが凝縮《ぎょうしゅく》されて、これまた感動の一品だった。

「どうだ、環、満足したか？」

「大いに満足。待ったかいあったよ、とうさん」

環の言い方がおかしくて、菜穂もかあさんもとうさんも、大声で笑った。

「それじゃあ、海鮮丼《かいせんどん》でも食べて、海岸沿《かいがんぞ》いを少し歩くか」

「異議なし」

菜穂が右手をあげてこっけいにふるまうと、環もかあさんも、それにならった。

冷房《れいぼう》のきいた土産物店の二階が心地よかったこともあって、腹ごなしに昼下がりの海岸線を歩くと急に汗がふき出してきた。それでも汗をふきふき松島海岸に向かう途中で、とうさんが右手を指し示した。

「ここにちょっと寄っていこう」

「瑞巌寺」

かあさんが小声で言った。

「かあさん、なんて読むの？　聞こえなかったよ」

「あのね、ずいがんじっていうのよ、環。とうさん、それでいいんでしょ？」

とうさんは、ああとでもいうようにうなずいた。

門をくぐると、瑞巌寺の参道は立派《りっぱ》な杉木立《すぎこだち》だった。

「ここ、涼しい」

環が駆けだした。

「とうさん、今までの暑さがうそのようだよ」

菜穂も顔をほころばせた。

「そうだ。この涼しさを教えたかったんだ」

そう言うとうさんを見守るかあさんもうれしそうだった。

「あそこにベンチがあるから、こしかけよう」

とうさんがベンチを指さすと、菜穂と環は小走りで先に行って、とうさんとかあさんをせかした。

「じゃあ、これからの予定を言うよ」

菜穂も環もかあさんも、とうさんに注目した。

「今夜は、仙台で泊《と》まる。またビジネスホテルだけど。夕食は寿司も牛タンも食べられる店に行く」

「やったぜ、牛タン」

環が軽くほえた。

「じゃあ、またホヤ食べれるの？　とうさん」

「菜穂はホヤが本当に気に入ったようだな」

菜穂は大きくうなずいた。

「いいんじゃないの、それが今回の旅の最大の目的でもあるんだから」

かあさんが菜穂の背中を押してくれた。

「じゃあ、明日だけど、まず山形に向かうよ。その途中で山寺に寄る。かあさんがどうしても行ってみたいって言うから。ただしすごい階段だからな。上まで上るだけで、四十分くらいかかるよ。その帰りしなにだだちゃ餅《もち》を味わう」

「だだちゃ餅って、あたし初めてだと思うよ。とうさん」

「たぶん、おれもだよ。姉ちゃん」

「まあ、それは食べてからのお楽しみだ。それで山形でお昼だけど、牛肉は間違いなく夜出るから、山形では冷やしラーメンを食べる。それから奥羽《おうう》本線で大石田まで行って、バスで尾花沢《おばなざわ》を通って銀山《ぎんざん》温泉で泊まる。銀山温泉には共同浴場がいくつかあるから、川風に吹かれながら温泉めぐりをする。旅館のデザートにも出るんじゃないかと思うけど、尾花沢スイカをがっつり食べる。もちろんばあちゃんにも送る。最後に、これはとうさんからのお願いなんだけど、銀山温泉の近くに、上の畑焼きという焼き物があるんだ。そこへは、とうさんはどうしても行きたいんだ。いいかな」

「意義なーし」

「最終日は、モモを食べたきゃ福島に行くし、デラウェアを食べるなら山形でもよし、高畠《たかはた》でもよしだ。これで予定発表を終了《しゅうりょう》する」

予定を話したとうさんも、それを聞いた菜穂も環もかあさんも満足の表情を浮かべていた。


二日後の夜、菜穂たちは旅を終えて家にたどり着いた。

「ただいま、ばあちゃん。はい、お土産。サンマの甘辛煮《あまからに》。それに明日スイカが届くと思うよ。ばあちゃん宛《あて》に送っておいたから」

そう言って、菜穂は紙袋をばあちゃんに手渡した。

「お帰り。ありがとうよ。みんな楽しかったかい」

「おかげさまで、ゆっくりさせてもらいました」

かあさんが、ばあちゃんの留守番をねぎらった。

「環は元気ないけど、どうしたんだい」

ばあちゃんが心配して言うと、

「楽しかったよ。ただ眠《ねむ》いだけ」

環はぶっきらぼうに返答した。

「なーんだ。それならゆっくり寝れば直る。心配ない、心配ない」

にこやかに、ばあちゃんは環の頭をなでた。

「あっ、そうだ。夕方、とうもろこしが送られてきたよ。旭川《あさひかわ》から。冷蔵扱《あつか》いっていうから、箱のまんま野菜室に入れてあるよ」

「ピュアホワイトだ。先輩からだよ。旭川の先輩の息子さんが高校に入学したと聞いたんで、春先にお祝いを贈《おく》ったんだ。そしたら後で何か送るって言ってたから。旭川のピュアホワイトは有名だからな」

とうさんは、旭川のとうもろこし畑が目に浮かんでいるようだった。

「ピュアホワイトなの？　おれ、食べる」

一気に眠気が覚めたかのように、環は身を乗り出した。とうさんが冷蔵庫から箱ごと取りだしてきて、一人に一本ずつピュアホワイトを手渡した。菜穂と環は手早く皮をむき、生のピュアホワイトにかじりついた。

「甘ーい。これって畑のミルクかもね」

「こっちも甘いよ、姉ちゃん」

とうさんもかあさんも皮をむきはじめたのに、ばあちゃんは、ひとりとうもろこしを握りしめたままでいた。

それに気づいた菜穂が、

「ばあちゃん、食べないの？」

と聞いた。

「あたしゃー、生のとうもろこしはどうもね」

と答えて、四人がピュアホワイトを食べるのを静かに見守っていた。

そのとき菜穂はひらめいた。そこでピュアホワイトを手にしたまま、サンダルをつっかけてクロのところへ行った。そしてピュアホワイトを何粒かむしりとって、クロの鼻先にかざしてみた。クロはクンクン匂いをかいだ後、それらをペロッとなめとり、すぐにのみこんでしまった。そしてもっとくれとでもいうかのように、前足で何度も土をかいた。

「ばあちゃん、大変、大変。クロがピュアホワイト食べたよ」

それを聞いたばあちゃんは、

「えっ、そりゃ大変だ。どこ、どこ?」

とぞうりをひっかけて小走りでクロの前にやってきた。事情を知らないとうさん、かあさん、環は、あっけにとられて菜穂とばあちゃんのやりとりに耳を傾《かたむ》けていた。

「菜穂、ほんとかい? もういっぺんやってみな。ばあちゃん、ここで見てるから」

菜穂はさっきやったように、ピュアホワイトを何粒かむしりとり、それをクロの鼻先にかざした。するとクロは喜んでそれをなめとって食べた。

「あれ、ほんとだよ。クロ、おいしいかい」

ばあちゃんがクロに話しかけると、クロは前足で交互《こうご》に土をかいた。クロがあまりにも欲しがるので菜穂は、

「よし、よし。クロも生のとうもろこしのおいしさが、ようやくわかったようだね」

と言いながら、ピュアホワイトの下三分の一くらいを手で割り、それをクロにくわえさせた。クロは犬小屋に戻り、伏せに近いかっこうで、獲物《えもの》を得たように前足の間にピュアホワイトを押さえ、少しずつむしりとるようにかじっていた。

「ばあちゃん、あたしの勝ちだよ。約束だからね」

「ああ、負けたよ。クロが食べたんじゃねえ」

そんな言葉を交わしながら、ふたりは居間に戻ってきた。

菜穂はばあちゃんのピュアホワイトの皮をむいて、ばあちゃんに手渡した。

「えっ、ばあちゃんが生のまま食べるの？」

驚きのあまり環が素っ頓狂な声を張り上げた。とうさんもかあさんも、本当かいといった眼差しでみつめていた。

「女と女の約束だからね。あたしと菜穂の」

そう言った次の瞬間、意を決したかのようにばあちゃんがピュアホワイトにかぶりついた。

「どう？　ばあちゃん」

菜穂は心配して言葉をかけた。すると、

「うん、こりゃー甘いね。こりゃーこれで、おいしいよ」

と、だれもが予想していなかった答えが返ってきた。

「なんだ、ばあちゃん。今までとうもろこしを生で食べなかったのは、ばあちゃんの食わず嫌《ぎら》いじゃない」

菜穂が少し茶化すように話しかけた。

「そうかもしれないね。あたしゃー、生きてる間にとうもろこしを生で食べるとは思わなかったよ」

そう言ったばあちゃんは、二口三口とピュアホワイトにかぶりついた。そうしたばあちゃんのふるまいがこっけいでもあったのか、居間全体が笑いの渦につつまれていった。

著者プロフィール
渡辺 貢（わたなべ みつぐ）
1958年生まれ。群馬県出身・在住。
法政大学卒業後、県内で教職に就く。
既刊著書：『七色紙ふうせん』（文芸社／2005年）

食べることが生きること 飽《あ》くなき菜穂《なお》の食めぐり

2012年5月15日 初版第1刷発行

著　者 渡辺 貢
発行者 瓜谷 綱延
発行所 株式会社文芸社
〒160-0022 東京都新宿区新宿1－10－1
電話 03-5369-3060（編集）
03-5369-2299（販売）

印刷所 株式会社フクイン

ISBN978-4-286-11953-3